クリスタル ガーディアン

水壬《みなみ》楓子《ふうこ》

ILLUSTRATION：土屋《つちや》むう

クリスタル ガーディアン

LYNX ROMANCE

CONTENTS

クリスタル
ガーディアン

ガン！　と重い手応《てごた》えが腕に返ってきた。

刀の鍔《つば》先で白刃ががっちりと嚙《か》み合っている。吐息が触れるほどの至近距離で、身体《からだ》にまとう熱気がぶつかってくる。

まっすぐに守善《しゅぜん》をにらむ眼差《まなざ》しに曇《くも》りはなく、ただ気迫だけが感じられる。

いい目だ。

守善は内心で微笑《ほほえ》んだ。


それだけの余裕はある。

相手は直晄《なおあき》という名の、まだ二十歳の若者だった。守善は近衛《このえ》隊の小隊長であり、剣の指導教官も務めていたが、その直属の配下だ。副官でもある。

守善よりも五つ年下で、伸《の》び代《しろ》があり、今まさにめきめきと腕を上げてきていた。

刀を振るうのに恵まれた体つきをしていたが、それを言えば守善自身も長身でバランスのいい、がっしりとした体格だ。

キャリアにしても、立場としても、まだまだ後れをとるわけにはいかない。

雪都《ゆきみや》、花都《はなみや》、鳥都《とりみや》、風都《かざみや》、そして月都《つきみや》。

北方五都――と呼ばれる地方でもっとも広大な領土と国力を持つ、月都の広大な王宮内である。

その外苑《がいえん》の一角で、守善は自分の配下の訓練を行っていた。

二人を遠巻きにして、他の仲間たちもそれを真摯《しんし》な眼差しで眺めている。

そしてその足下では茶色いリスがちょろちょろとせわしなく、地面を行ったり来たりと走りまわっていた。

直晄の守護獣である。しかしこれは実践ではなく手合わせなので、主《あるじ》からは「手を出すな」と言われており、何もできないのがもどかしいのだろう。手合わせとはいえ、真剣なのだ。うっかりするとケガどころではすまない。

リスは普通、攻撃補佐型の守護獣である。個体差ももちろんあるが、リスの能力を考えれば、刀の振りや足の運びなどが速くなるのだろうか。もちろん、自ら身体を張って、主の敵に飛びついてくることもある。

もっとも守善からすれば、リス一匹が力を貸したところで負けるつもりはなかったが。

直晄がググッ…、と腕に力をこめ、守善を押してくる。しっかりとそれを受けてから、守善はわずかに肩を引いた。

「ハァ――ッ！」

そして相手の力が抜けた一瞬のタイミングで、その刀を巻き上げるようにして上段へ振り抜く。

「つぁ…っ！」

直晄の体勢が一気に崩れ、刀が高く弾《はじ》かれると同時に、その身体も大きく後ろへはね飛ばされた。

視界の端にリスが大きく飛び上がったのが見える。そしてあわてて、地面へ倒れた主のもとへ走り寄ってきた。キューンキューン、と不安げな高い声で鳴いている。

これだけ心配されているということは、主との関係はよいのだろう。直晄もきちんと可愛《かわい》がっているということだ。

「ああ…、大丈夫だよ、ミミ」

倒れた主の肩に乗って、頭を顎《あご》のあたりにすり寄せているリスの喉元《のどもと》を、直晄が軽く指先で撫《な》でてやっている。しっぽの根元にルビーのように赤いリングがはまっていた。

とりあえず安心したらしいリスがじろっと物騒な目で守善をにらみ上げてきて、悪かったな、と守善は苦笑した。

リスは案外気性が荒い。守善は自分の刀を鞘《さや》に収めると、ミミという名らしいリスに嚙みつかれる前に、手を貸して直晄を立たせてやる。

「少しは腕を上げたようだな」

「そうでしょうか？」

余裕のある守善の様子に、直晄が悔しげに小さく唇を嚙む。

自分の実力にまだまだ納得できないというのは、悪いことではない。

「ああ。まだ俺を倒すほどじゃなかっただけだ」

にやりと笑ってみせた守善に、直晄が挑戦的な目で笑い返してくる。

「今のうちですよ。あと……二年かな？」

「その意気だな」

その程度で追いつかれるつもりはなかったが、守善は部下の肩をぽん、とたたいてやった。

「守護獣がつくほどだ。おまえには力がある。これからどんどんと強くなるさ」

王族以外で守護獣を持つ者はきわめて稀《まれ》だ。直暁は一応貴族の子弟ではあったが、さほど身分が高いわけでもない。

つまりそれだけ守護獣に――ミミに、だ――能力や才能があると見込まれた、ということでもある。

実際、守善は今の近衛隊の配下の中では、この男に一番目をかけていた。確かに剣のセンスがある。

「いや…、どうでしょうか……」

しかし守善の言葉にいささか歯切れ悪く、どこか気まずい様子で直暁が言葉を濁した。

「俺に隊長ほど剣の才能があるとは思えないんですが。王族でもないですしね。どうして俺にコイツがついてくれたのか……」

困ったように口にしながら、軽くしゃがむようにして直暁が地面に手を伸ばすと、リスがその腕を伝って肩まで駆け上がってくる。

守善に気を遣っているのだろう。

「おまえの家は、確か王家と縁続きだったんじゃないのか？」

察してはいたが、あえて何でもないように言って守善は首をひねった。

「そんなの、もう何百年も昔ですよ？　祖父の祖父あたりの先祖が王家の姫君を妻に迎えたとか、そのくらいで。俺の中の王家の血なんてほんの二、三滴くらいですよ。俺につくくらいだったらなんで隊長に……あ、すみません」

当人よりも直晄の方が悔しそうに愚痴《ぐち》るのに、守善はあっさりと肩をすくめた。

「いいさ。別にそれで困ることもないしな」

実際、世の中の大多数の人間は「守護獣」などいなくても普通に生活をしているわけだ。まあ、一種のステイタスにはなるのだろうが。

守善自身、月都の第七皇子という自分の立場でまったく気にならないと言えば嘘《うそ》になるが、かといってどうしても必要なものとも思ってはいない。

守護獣が万能というわけではないのだ。いなければいない分、自分の剣の腕を磨くことに専念できたとも言える。

「そうですよねっ、隊長はその分、剣の腕がすごいですし。守護獣に頼る必要がないってことですからねっ」

力強く直晄が拳《こぶし》を握った時だった。

「守善！　兄上が…、一位様が呼んでおられるぞっ」

どこか不機嫌そうな怒鳴り声が回廊の奥から響いてきた。

薄暗い建物の中から顔を出したのは、守善の兄、琢眞《たくま》だった。母親の違うすぐ上の兄だ。といっても同い年で、数カ月上なだけだが。

今のところ十六人兄弟である守善だが（兄の一人が夭折《ようせつ》しているので、正確には十五人になる）、母親が同じなのは姉が一人と弟が一人だけだった。

「一位様」と呼ばれるのは、長子であり月都の世継ぎでもある千弦《ちづる》である。兄弟の中でもやはり別格だった。その存在自体が。

まぶしく陽射《ひざ》しが当たる庭に姿を見せた琢眞は、ちらりとあたりを見まわして鼻を鳴らす。

「なんだ、またチャンバラごっこか？　せいぜい鍛錬することだな。ま、いくら剣の腕を磨いたところで、守護獣に見向きもされなかったおまえの能力じゃ、たかが知れてるけどな」

にやにやと笑ってそう言い放った兄の頭上では、灰色の鷲《わし》が舞っている。琢眞の守護獣だ。おそらくはその鷲が、守善の居場所を突き止めたのだろう。

鷲も攻撃系、また探索系の守護獣であり、その力もあって琢眞は王宮守備隊の隊長を務めていた。

剣の腕だけで言えば、守善の方が遥《はる》かにいい。だが守護獣がついた琢眞と立ち合えば、やはり勝率は悪くなる。

まさに鳥瞰《ちょうかん》する鷲の目には、守善の動きなど手にとるようにわかるのだろう。むろん、直接攻撃に力を貸すこともできる。

「隊長は守護獣がいないと戦えないような腰抜けではないですからね！」

ムッとしたように、横から直晄が言い返す。

「なんだ、きさま、その口の利き方はっ！　無礼者がっ！」

真っ赤になって琢眞がわめいた。

思わず腰の刀に手をやったが、それでも抜かなかったのは、やはり純粋に剣だけでは到底守善に敵わないとわかっているからだろう。もちろんこんなことで殺し合いにはならないだろうが、無様な姿は見せたくないはずだ。

「こいつの口の利き方は俺があやまる。それで、一位様は中奥の執務室か？　奥宮のお部屋の方にいらっしゃるのか？」

軽く受け流すようにして、守善は尋ねた。

「ああ…、奥宮の方だ。さっさと行けよ」

使い走りのような真似《まね》をさせられたのが不服なのか、琢眞が不機嫌に顎をしゃくる。

そして険しくにらみつけたままの直既の方をにらみ返し、「ケッ…、能なしがっ」と捨てゼリフのように言ってもどっていった。

「なんだとっ」

「よせ」

表情を変えてその背中につかみかかろうとした男を、守善は肩をつかんで引きもどす。

詮無《せんな》いことだ。言い争って、何が変わるというものでもない。

実際、守護獣を持てるのも能力の一つだろうし、また持った者はそれなりの義務も責任も負う。それがないのは、案外身軽でいいのかもしれない、という気もするのだ。

不快そうに琢眞を見送って、直晄が腹立たしげに吐き出した。

「守備隊でも評判悪いんですよ、六位様は。鍛錬なんかろくにしてないし、たまにやっても自分の…、守護獣の力でたたき伏せて悦《えつ》に入るだけで。偉《えら》そうに命令するクセに、自分じゃ何にもしないし。俺、隊長のところでうらやましがられてますから」

「それは光栄だな」

まくし立てた直晄に、守善は苦笑した。

「まあ、そこまで言ってやるな。兄上も兄上なりに大変なんだよ。守備隊の連中は気も荒いし、まとめにくいところもあるだろうしな」

実際、守護獣を持っているにもかかわらず、目立った成果を出せない苛立《いらだ》ちもあるのだろう。

そんな守善をマジマジと見上げて、直晄が長いため息をもらす。

「相変わらず暢気《のんき》というか、豪快というか、人がいいというか……」

「あぁ？　まるで俺が脳天気なバカみたいな言い方だな？」

守善が機嫌を損ねたふりで、しかしからかうような調子で直晄の肩を肘《ひじ》で突いてやると、直晄があわてて手を振った。

「そうじゃないですよっ。でも、守善様はなんか、目線が俺たちと近いんですよねぇ…。だから下の兵士たちには人気なんでしょうけど」

もともと月都では、王族は一般の民との距離が近い。国王と世継ぎは別にしても、数多い他の子弟たちはそれぞれに役目を負って民に混じり、国のために尽くすことが慣例となっている。

もちろんそれなりの敬意は払われているわけだが、かなりさばけていることは確かだ。

普通に配下の若者に混じって見まわりをしたり、悪所を冷やかしに行ったり、場末の飲み屋で騒いだりしている守善の場合は特に、かもしれないが。

「むさい男ばっかりに好かれてもな…」

軽く顎を撫でて、守善はむっつりとうなる。

やはりカッコイイ系の守護獣を颯爽《さっそう》と引き連れて仕事をしている兄弟だと、若い女性たちにはキャーキャー言われているわけで。

「ほら、人望があるんですってっ。親しみやすいというか。わりとイイ男ですしね」

直晄が必死にフォローする。

「わりとかい…。ま、王族らしくないってことだろ。守護獣もいないしな」

「それがおかしいんですよ。六位様につくくらいなら、隊長につくはずなのに」

いかにも納得できないような口調で、また愚痴が始まりそうな気配に、守善はポンポンと直晄の肩をたたいて笑った。

「代わりに、俺は部下に恵まれてるからいいんだよ」

「そういう口のうまいところも王族らしくないんですよねー」

直晄が苦笑いで肩をすくめる。

確かに、普通は王族のまわりにいる人間の方が、おべっかでなくとも口はうまくなるものだろう。しかし守善の場合は、守護獣を持てなかったことで昔からまわりに慰められることが多く、気を遣わせているのがわかるだけに、自然と明るく切り返すやり方を覚えたのかもしれない。

もちろん悔しい思いも、理不尽な思いもあったが、人生のかなり早い段階で開き直ってもいた。

「おっと…、一位様の呼び出しだったな。じゃ、あとは頼む。適当に切り上げて、午後は通常の見まわりな」

思い出していくぶん早口に言った守善に、はい、とちょっと背筋を伸ばして直晄が敬礼で返す。

守善は、立ち合いの間、側のベンチに脱いでいた羽織を拾い上げた。近衛隊の紋章が入った、膝《ひざ》のあたりまで丈のある長めのものだ。

バッと広げて肩に引っかけながら、王宮の中へと早足に向かう。

アプローチになる廊下は天井が高く、分厚い石造りの床に靴音が響いた。陽射しがさえぎられ、ひやりとした空気がわずかに汗ばんだ肌に心地よい。

北方五都と呼ばれる一帯は、短い夏を迎えようとしていた。冬は雪も多く、寒さの厳しいこの地方の人間にとっては、心躍る季節だ。

隊ごとにそろいの羽織も、ついこの間、衣替えされたばかりだった。冬用は裏地に毛皮が縫いつけられた厚手のものだが、夏用は単衣《ひとえ》の軽い生地で、気持ちまで軽やかになる。

一般の陳情やら、出入りの者を受け付けている外宮から本宮に入り、官吏たちが事務的な政務を行っている中奥、そして奥宮へ進むにつれて、ちょろちょろといろんな動物の姿が目につくようになってくる。

犬やネコはもちろん、石畳の隅を列になって走るハツカネズミの集団や、広い中庭に放し飼いになっている馬やトラ、キツネやタヌキ、葉の生い茂った木立の中にじっと隠れているフクロウに、泳ぐように王宮の中を飛びまわっているスズメたち。

雑多な動物たちが、襲い合うようなこともなくのんびりと過ごしている。

このあたりにいるのは、たいていが守護獣だと思って間違いなかった。動物というより、むしろ動物の形をとった精霊の類《たぐい》だと思った方が正しいのかもしれない。

この場所だけを見ていれば、国中にうじゃうじゃと守護獣が存在しているようにも思えるが、もちろん守護獣を持っている者はきわめてわずかの、ごく限られた人間だけである。

そのほとんどは直系の王族であり、逆に言えば、直系の王族であれば、守護獣のいないことの方がめずらしかった。

王族――すなわち、月《つき》ノ宮司家《みやつかさけ》の一族である。

この月都を、三千年以上の長きにわたって治めていた。

ほとんど伝説の域だが、歴史書によれば、月ノ宮司家の始祖が天啓《てんけい》を受け、神から遣わされた守護獣の助けを得て、月都をこの地に建国したという。

そして代々、月ノ宮司家の直系に守護獣がつくのは、霊獣の力を借りて王家の人間がそれぞれの分野でリーダーシップをとり、民をよき方へ率いていけるように、という神の配慮である。

それゆえに、守護獣を得た者は国と民に尽くす責任を負うのだ。

原則的に、守護獣が主を選ぶ。

守護獣は大まかにいくつかの系統に分かれており、トラやライオンなどの大型獣であれば武力――攻撃系の、ネズミや鳥などは探索系や守備系の守護獣だが、鳥でも猛禽《もうきん》類くらいになると攻撃の助けにもなる。つまり、それらの守護獣を得た者は武人になる。

牛や馬の守護獣ならば農工や建築に携わり、フクロウやミミズクであれば知識系、学者や聖職者になることが多い。医師や薬師など医療系の守護獣にはウサギやネコ、ヘビなどがいるが、いずれもはっきりと区分されているわけではなく、個体差も大きい。

守護獣たちは自分の能力と、そして人の適性を見極め、その能力を推し量った上で、慎重に契約関係を結ぶのだ。

だがそれは、守護獣にとっては大きな賭《かけ》になるようだった。

なぜなら一度契約関係を結んでしまうと、守護獣は主の命令には絶対に逆らうことができなくなる。主が死ぬか、主から契約解除を告げられるまで、その関係は続く。そして守護獣の方から関係を切ることはできないのだ。

それでも、守護獣たちが生きていくためには、主の存在は絶対に必要だった。

人間から言えば、守護獣を持つことは大きな武器を得ることになるが、守護獣の方でも契約を結び、主から与えられた命令をこなすことで、自分の寿命を伸ばし、生命力を強くすることができる。

主から受ける「愛情」や「信頼」が、守護獣たちの命の糧であり、栄養になるのだ。

そのため、守護獣たちはなるべく力の強い、よい主を探そうとするわけで、皇子が生まれた時には入れ替わり立ち替わりで様子を見に来て、自分との相性を探るのである。いや、母親の腹の中にいる時からすでに、らしい。

なので、皇子であれば、生まれた時から守護獣がついていることもめずらしくはなかった。

守善の弟が生まれた時もそうだったし、姉にももちろん、ついている。

だが守善には、それがなかった。つまり守護獣から「能なし」の烙印《らくいん》を押されたも同じ——と見なされているのだ。

もしや王の血ではないのではないか、と疑われ、母までも肩身の狭い思いをしているようで、それは申し訳なく思うが、しかし守善にはどうすることもできない。

あぶれている守護獣を捕まえて、無理やりに契約することもできないではないようだが、さすがにそんな真似はしたくなかった。

結局「信頼」が成り立たなければ、守護獣も主のために自分の能力を発揮することはできない。寿命を延ばすことにもならず、むしろ縮めるだけなのだ。

それにしても、一位様から名指しで呼び出されるのはめずらしかった。

そんな微妙な、というか、皇子たちの中では侮られている自分に、いったい何の用だろう…？　と思う。

兄とはいえ、親しいつきあいをしているわけではなく、雲の上の存在にも等しい。

まあ、近衛隊の隊長を務めている以上、父王と一位様の身辺警護の役割はあり、それなりに顔は見ているわけだが。

しかし、考えられるとしたら。

守善は無意識に眉《まゆ》をよせた。

先日、命を狙《ねら》われたらしいことに関係して――しか浮かばない。

ひと月ほど前だが、鉄砲隊の教練の視察に出向いていた兄が狙撃《そげき》されたのだ。

世継ぎの命が狙われたなどと、ただごとではない。しかし流れ弾か跳弾だった可能性もあり、大げさなことにしたくないという兄の意向もあって、単なる事故として処理されていた。結局、誰が撃ったのかもわからないままだ。

その時は、守善が兄の警護についていたわけではなかったので、あとで伝え聞いただけだったが、さすがに驚いたものだ。

まさか、という思いが強い。

世継ぎの座を狙って弟たちの誰かが暗殺しようとしたのではないか、などという噂《うわさ》……というか、口さがない連中の憶測もあるようだったが、正直、守善には考えられなかった。

なにしろ、今の一位様——千弦は、兄弟の中でもまさしく別格なのである。

到底、他に代わりが務まるとは思えないほどに。

いつの間にか奥宮へ入っており、守善は兄の私室の前で足を止めた。

スッ…、と無意識に大きく息を吸いこみ、守善です、と外から声をかける。

入れ、と短い返事があり、守善は扉を押し開いて中へ足を踏み入れた。

奥宮の東側の一角を占める広い部屋だ。大きめの窓越しに、暖かな陽射しがいっぱいに入りこんでおり、テラスの向こうには広大な庭が広がっている。生い茂った緑が目に優しい。

千弦はそのテラスの前にある大きな机に腰を下ろし、いくぶん難しい顔で何かの書類をめくっていた。

「お呼びとうかがいましたが？」

ちらっと上目遣いに視線だけ上げて確かめた千弦に、守善は心持ち緊張しつつ声をかける。

それに、待て、というように軽く手を上げてから、千弦は手元の書類にかなりの勢いで何かを書きこんでいった。

「西の国境警備についている岑継《みねつぐ》を呼びもどし、直接状況を報告させよ。それと、セルディアの護岸工事の進捗《しんちょく》と会計についての見積もりは甘すぎる。一からやり直しを。新規の治療院の建設については……そうだな。二の姫…、夏珂《なつか》殿にお任せする。草案を出していただけるよう、今、どちらにいらっしゃるか調べておけ」

口にしながら、ふと上がった視線が守善と合ったのは、夏珂が守善の姉だということを思い出したからだろう。母も同じ姉、ということだ。

守善より一つ年上で、ジャッカルを守護獣に持っている。医療系に能力があったらしく、新しい医療の研究やら、実際に王立の治療院で一般の人々の治療にも当たっていた。

千弦はそのあと立て続けに五つ、六つの指示を出し、追いついて行こうと必死の形相でその言葉を聞いていた官吏たちがぎくしゃくと指示書を受けとると、あわてて部屋をあとにする。

残ったのは兄弟二人と、そして千弦の側役、直属の警護役である牙軌《げき》という男だけだった。

確か、千弦と同じ二十八歳だったと思う。

精悍《せいかん》な顔立ちで、焦げ茶の髪と、常に落ち着いた、感情を見せない同じ色の眼差しをしている。

実際守善は、この男の笑った顔など見たこともない。……もっとも、さほど接点のある関係でもなかったのだが。

どこかの部隊に所属している兵ではないので、剣の腕前はわからなかったが、かなり使えるような気配があり、守善としては一度手合わせをしたいと密《ひそ》かに思っていた。

牙軌は王族ではないので守護獣などもおらず、純粋に剣の技量だけで競える。

「待たせたな」

涼やかな声が淡々と言って、千弦がするりと立ち上がった。

執務室ではなく私室のためか、着崩した単衣の衣に羽織を掛けただけの部屋着姿だ。

「こんな格好ですまぬが」

「いえ…」

守善はようやく喉に引っかかるような声を押し出したが、視線は無意識に外してしまう。

実際のところ、我が兄とはいえ、見惚《みほ》れるくらいの美貌《びぼう》を持つ男なのだ。

切れ長の灰色の瞳に、淡い茶色の髪。鼻筋もまっすぐに通り、まるで名工の手による彫刻のように整った容姿だった。肌はまさしく雪花石膏《アラバスター》のごとく白く、すらりと華奢《きゃしゃ》な体つきで。わずかに裾《すそ》がめくれて見える細い足首が目に毒だ。

容姿だけでなく、怜悧《れいり》な頭脳と、迅速で的確な判断力、深い洞察力、そして存在しているだけで人を惹《ひ》きつけるカリスマ性と。

空恐ろしいほど人間離れして見えるのも当然、千弦はペガサスを守護獣に持つ男だった。

ペガサスである。そのへんの守護獣とはわけが違う。

それぞれの役目や分野が違うのだからあえて比べる必要はないのだが、それでもやはり、守護獣の中にもおのずとランクはできる。

ペガサスは龍《りゅう》やユニコーンなどとともに最上位にくる、オールマイティな守護獣であり、三千年を越える歴史を持つ月都の歴代の王でも、わずか三人の王にしか記録にない。

一人は始祖である月王であり、あとの二人も中興の祖として今に名を残す名君ばかりである。

――この人と同じ血が自分に流れているとは到底思えない……。

なんだかマジマジと、守善は部屋の奥の方へ向かう兄の横顔を見つめてしまった。

正面からまともに見るのは気後れするが、横顔ならいつまでも見ていられそうだ。

この人にペガサスだと、まさに鬼に金棒というのか、しかしそんな俗なことわざが似合わないほどに完全無欠だった。弟とは言え、くらくらする。亡くなった正妃様は妖精《ようせい》だったんじゃないかと、真顔で噂されるほどである。

千弦は生まれると同時に、ペガサスを守護獣に持った。らしい。

すでにその時点で未来は、というか、不世出の名君となるのは定められていたわけで、父王の心中はなかなか複雑なものがあっただろう。

なにしろ自分を遥かに超える能力を持つことが、その時点でわかってしまったのだ。

かといって、長子であり、ペガサスを守護獣に持つ者を不当に世継ぎから外すなどということは、まわりの目もあってできるはずはない。

実際、千弦は十歳を越えたくらいからすでに政務に携わるようになっており、二十歳になった時に、父は実権のほとんどを兄に委《ゆだ》ねて、今はなかば隠居生活に入っていた。潔いのか、諦念《ていねん》なのか。

千弦の実母である正妃は兄を産んでから早くに亡くなったが、父がそのあと愛妾《あいしょう》を多く抱え、次々と子供を作ったのは、あるいは鬱屈《うっくつ》した気持ちを晴らすためだったのかもしれない。

「千弦様は今朝から少し、喉の様子がおかしいようです。お風邪かもしれません」

低い声で牙軌がフォローするように言い、千弦の羽織の上からさらに軽そうな肩掛けを羽織らせる。

「大丈夫なのですか？」

守善はわずかに眉をよせた。

そんな状態で、私室にまで仕事を持ちこんでいること自体が大変だな…、と思ってしまう。

同時に少し、人間味を感じてホッとした。やはりどんなに特別な、生まれついての異能者であろうと、苦労はあるんだな、と思うと。

そう、それがペガサスを得た者の義務と責任なのだ。国を守るために力を尽くす。

「たいしたことはない。わざわざすまぬな」

さらりと言って、千弦は守善を誘うようにして奥のソファへと移った。

指で示され、守善は一礼して、腰の刀を外して片手に持ち直すと、その向かいへと腰を下ろす。

牙軌は千弦の背後に立ったたままだ。

千弦の近くにペガサスの姿は見えなかったが、まあ、そうそう人前に現れる守護獣でもない。だが姿が見えないからといって、遠く離れているわけではないらしい。

青い目の黒ネコが長いしっぽを立ててソファの足下をすり抜け、テラスの外の止まり木には鷹《たか》も羽を休めている。

やはりどちらも、兄の守護獣である。

守護獣は、一人一匹しか持てないわけではない。ただ守護獣を持つということは、その寿命を、命を預かるわけで、それだけの愛情をかける必要がある。数が多くなると、その分、主の愛情は分散される。

そのため一匹だけを大切にすることが多いが、主の能力が高ければ複数持つことも可能なわけで、千弦の場合は、ペガサスに与えられた力をさらに分け与えている感覚なのかもしれない。

「それで…、俺にどういうご用件ですか？」

いくぶんとまどいつつ、守善は口を開いた。

この兄がわざわざ自分に用と言えば、身辺警護……くらいしか思い浮かばない。

が、考えてみれば、警護であればすでに牙軌がいるわけだし、先日の事件を受けてさらに強化して、ということで守善の隊を動かしたいのであれば、個人を呼び出さなくとも命令を出せばいいだけだ。

そもそも近衛隊というのは、王や世継ぎを守るために存在するのだから。

「ふむ…、守善。今さらだが、おまえほどに剣を使える男が、いまだ守護獣を持たぬのはなぜかと思ってな」

ゆったりと背もたれに身体を預け、足を組みながら千弦が口を開く。

「それは……」

まさか今さらそんな話とは思わず、無意識に瞬《まばた》きをして守善はうめいた。

なぜか、と言われてもだ。

「もちろん、持てるものであればとは思いますが……。ですが、こちらとしては選ばれるのを待つしかないわけですからね」

知らず、皮肉な笑みが浮かんでしまう。

兄弟の中で、自分一人が持てなかった悔しさや憤りは確かにある。だが本当に、今さら、だった。

「それはそうだが、おまえは得ようという努力もしてはいないだろう？」

しかしまっすぐな眼差しで指摘され、思わずひるんでしまう。

「努力……ですか。それは確かにそうですが、……しかし、無理にとは思っておりません。いなくて不自由をしているわけでもありませんから」

あえて強気に言って、守善はふっと視線をわずかに上げる。

「牙軌殿と同じですよ」

「だがおまえは王族であろう、七位？　同じでは困るよ。国を守る義務があるのだから」

やわらかな言葉で、しかしぴしゃりと言われては、さすがに耳が痛い。

「兄上がおられれば、国の守りは安泰でしょう。俺ごときの力が必要とは思えません」

それでも守善は言葉を返した。

ひがんだ言い方に聞こえただろうか、と口から出たあとで、一瞬、後悔する。

しかし実際のところ、ペガサスの守護獣を持つ王――世継ぎでも、だ――がいるところに戦争を仕掛けてくるような国はまず、ない。だから千弦が生きている間は、外から争いを持ちこまれる心配はないと言える。

「対外的な部分ではな。だが内部はそうでもないようだ。先日のこともあるしな」

さらりと肩をすくめるようにして言われ、守善はハッとした。

狙撃されたこと――だろう。

兄自身が事故として処理した事案だったが、やはり狙われたと思っているのだろうか。

「むろん守護獣の守りはあるが、万全ではない。とりわけ身内に対しては弱い部分がある。主の血筋は守護獣にとっても身内のようなものだからな。よほど強く命令されない限り、襲うようなことはないし、主が疑いを持っているのでなければ、その者に注意を払うこともない」

そんな言葉に、守善はドキリとした。

つまり兄は…、自分を襲ったのが身内だと、兄弟の中にいると言いたいのだろうか？ あるいは、何か証拠があってすでに確信しているのか？

「兄上……」

知らず、かすれた声がこぼれた。

しかし正直、守善には考えられないことだった。

誰がこの兄の命を狙うというのだろう？

それは歴史上、兄弟の中で世継ぎの座を争うこともあっただろうし、暗殺などと生臭い事件もあったかもしれない。今の兄弟たちの中でも、自分が王位につきたいと願う者がいないとも限らない。

……守善にしてみれば、そもそもそんなめんどくさい立場に好んでなりたいとは思わないのだが。

だが、この兄に成り代わって、というのは、とても想像ができなかった。それを考えるには、千弦は遥か遠くの存在すぎる。同じ土俵で争うレベルではない。

兄を暗殺し、自分がその地位に就いたとして、到底同じだけの成果は上げられないのだ。どうしても比べられ、まわりからの厳しい評価を受けることは目に見えている。

「兄上に代われる者がいるとは思えませんが」

ようやく言葉を押し出した守善に、千弦が薄く微笑んだ。

「逆に言えば、私さえいなければ、誰にでも王になれるチャンスがあるということだ」

さらりと言われて、守善は絶句する。

確かに、万が一、この兄が亡くなったとしたら、あとの王位争いは目も当てられないくらい激しくなるだろう。

「つまり私を守ることは国を守ることにも等しい。できればおまえには守護獣を得てもらい、さらに身辺の安全を強固なものにできればと思うのだが」

それを自分の口で言えるところもすごいが、実際にその通りではある。

千弦の存在自体が、月都のもっとも強力な防衛力なのだ。

外の攻撃から国を守るということもそうだし、国内の政治、経済的な諸問題を処理していくためにも、だ。

――それはわかるが。

「その…、俺も守護獣は得られるものであればとは思います。が、現実問題として、俺についてくれそうな守護獣というのが見当たりませんし」

闇雲《やみくも》に探して見つかるようなものでもないだろう。

頭をかいて答えた守善に、千弦があっさりと言う。

「おまえから出向いて交渉することはできよう？」

「はあ…、それは守護獣の居場所がわかれば」

やってみることは、やぶさかではない。

その返事に、千弦が微笑んだ。

一瞬、ゾクッとする。何かハメられたような、心地の悪さ。

「そう…、実は志奈祢《しなね》山にな、主を持たぬ雪豹《ゆきひょう》の守護獣がいるのだよ」

「……は？」

守善は思わず口を開いてしまった。

そんなに簡単に居場所がわかるものなのか？

守護獣は、単体ではそこまでの大きな力があるわけではない。そのもともとの動物程度である。主を持ち、主に力を貸すことで何倍もの大きな力を生み出すことができるのだ。

なので、主を持たない守護獣であれば、よってたかって捕らえることも可能だった。ひどい話だが、そのようにして命を落とした守護獣もいる。そもそも獣の姿でいる限り、普通の動物と区別がつかないということもある。

そんなはぐれ守護獣のいる場所があっさりとわかるようでは、危ないのではないかと思うが。

「ルナとは昔馴染《なじ》みの子でね。ルナがひどく心配しているのだよ」

ルナというのは、千弦についているペガサスの守護獣だ。どうやら守護獣つながりの情報らしい。守護獣たちの間でそんな交流があるとはついぞ知らなかったが。

「その雪豹は五十年ほど前に主を亡くして以来、ずっと一匹でいるようだが、そろそろ新しい主を持たねば命に関《かか》わる」

なるほど…、と思わず守善はつぶやいた。

個体差もあるだろうが、小動物なら数年、大型獣でも通常は十数年で新しい主を持たなければ、衰弱死してしまうはずだ。

「かなり偏屈でプライドも高いようでね。だが五十年だと、主なしで過ごすにはそろそろ限界だろう」

守善は一つうなずいた。

以前の主には、愛情をかけられていたのだろう。与えられた愛情の分、守護獣は「栄養」を蓄え、長生きができる。力も強くなる。

「前の主は私たちの祖父の弟に当たる人だが、その方からあと、つきたいと思える人間がいないということらしい。だがいいかげんに、適当な相手を見つけて妥協してもらわないとね……。みすみす死なせるには、雪豹はあまりに惜しい」

確かに雪豹は結構な大物だ。

――しかし。

「適当な相手……、ですか」

思わずむっつりと守善はうめいた。

どうやら自分は、その妥協の産物らしい。

失言ではなくわざと言ったのか、千弦が守善を見つめてクスリ…と笑った。

「豹であればおそらく攻撃系の守護獣だろう。おまえとの相性も悪くはないと思うが」

「相手に不満がなければありがたいことですが、……やはり向こう次第でしょう」

その雪豹の方が自分の能力に不満だということはあり得る。というか、足りないからこそ、今まで他の守護獣たちも自分には目もくれなかったわけだ。

……あらためてそれを考えると、さすがにちょっと落ちこんでくる。

「だから、今がおまえにとっては最大のチャンスではないかと思うのだが？　雪豹にしても、えり好みしていられる状況ではないだろうしな」

さんざんな言われ方だ。

さらに情けない気持ちになるが、……まあ、守善としても贅沢《ぜいたく》を言える身分ではない。

「それはまあ…。ご心配いただいてありがたく存じますが」

割り切れないままに、頭に手をやるようにして答え、……ハッとその考えが頭をよぎった。

まさか、兄は自分を疑っているのか…？　と。

兄を狙ったのが、自分だと。いや、もちろん「能なし」のレッテルを貼《は》られている自分が、いくら兄がいなくなったとしても王位に就けるはずもない。が、もしかすると他の兄弟と結託して、実行犯として自分が動いたという疑いを持っているのだろうか？

そのために、こんな口実で遠くへ自分を追い払おうとしているのか……？

そんな考えに、自分でもちょっと血の気が引くのがわかる。

それでも、まさか、と打ち消した。

聡明《そうめい》な兄だ。守善がそんな考えを持つかどうかくらい、判断はつくはずだ。

……だがそれならば、今さら守善が雪豹などを守護獣にできるかどうかの判断もできそうだった。初めから無理そうなところにわざわざ行かせて、誰か……首謀者である他の兄弟と離しておきたい、ということなのか。

いや、考えすぎだ。

守善は無意識に首をふった。

「ええと…、はい、そうですね。もし雪豹を守護獣にできれば、それは俺にとっても幸運ですし、確かにそういう状況なら、やってみる価値はあるかもしれません」

そして、ちょっとあせるような思いで守善が答えた時だった。

「どうかな？　雪豹であれば、意に染まぬ主を拒絶して死を選ぶくらいのプライドはあると思うぞ」

いきなり奥の扉が開いたかと思うと、そんな冷ややかな声が耳に届く。

とっさに側に立てかけていた刀に手がかかったが、どうやら千弦たちは知っている者のようだった。まあ、千弦の私室にいるくらいだ。

すらりとしなやかな体つきの、なかなかの美人だ。……胸は薄く、男のようだったが。

守善と同い年くらいだろうか。無造作にひとまとめにした長い茶色の髪が腰のあたりまで伸び、漆黒の瞳がうさんくさそうに守善を眺めてくる。もともときつめの表情が、いかにも不機嫌そうだ。ローブのように長い着物を一枚羽織っただけの砕けた様子で、とても世継ぎの前に出る格好とは思えない。

「ちょうどよかった。おまえの話をするところだ」

しかし肩越しに軽く振り返って、千弦が馴染んだ様子で手招く。

少しばかりめんどくさそうに眉をよせ、それでも男が近づいてきた。じろりと守善を見下ろしてから、仕方なさそうに横の一人掛けのソファに腰を下ろす。

「イリヤ、これが私の弟の守善だ。守善、イリヤは私の……そうだな、大事な預かりものだよ」

千弦が微笑んで、おたがいを紹介した。

「預かりもの？」

その言い方に、守善はちょっと首をひねる。

しかしそんな守善をぶしつけに眺め回し、イリヤがふん、と鼻を鳴らした。

「この程度の男を、あの雪豹が主と認めるはずはない。どれほど弱みにつけこもうとな」

さすがにカチンときた。

「弱みにつけこむつもりはない。第一、おまえに判断されることではなかろう」

険しく言い返したが、イリヤは肩をそびやかすようにしてせせら笑った。

「私でもわかるさ、そのくらいのことは」

雪豹の気持ちがわかるという意味か、あるいは守善の能力が——つまり能力のなさが——わかるという意味なのか。

「きさま……」

思わず男をにらんだ守善に割って入るように、千弦が朗らかに口を開いた。

「つまり、守善。雪豹のもとへ自ら足を運んで交渉する気はあるということだな？」

「はい。できる限りご期待に添えるよう」

千弦に向き直って、守善はきっぱりと口にしていた。

勢いというか、イリヤに対する反抗心があったのは否めない。確かに、自分から守護獣を探しに行くという発想は今までなかったが、やってみて失うものはないのだ。まあ、失敗すれば、また嘲笑《ちょうしょう》されるくらいだろうか。

千弦が静かにうなずいた。

「真面目な話だよ、守善。もしおまえが雪豹に認められなければ、みすみす見殺しにすることになる。

そのような事態は避けたい」

「力は尽くします」

神妙に、守善はうなずいた。

「足りぬよ。誠意も尽くせ」

「わかりました」

ぴしゃりと言われ、守善はあらためて深くうなずく。

「よかった。では準備をして、明日、あさってにも出発してもらおうか。……イリヤを連れてね」

「……え？」

にっこりと微笑み、何気ないようにつけ足された一言に、守善は思わず声を上げた。反射的にイリヤの顔を見る。

イリヤの方はあらかじめ言われていたのか驚いた様子はなく、しかし不服そうな顔だ。長い指をいらだたしげに髪に絡めている。

「イリヤはちょうど、雪豹を訪ねるところでね。おまえも案内人がいた方が見つけやすかろう？志奈祢山はこの時期、まだ雪も深く残っているし、ただでさえ広く険しい。闇雲に歩いて、雪豹を見つけられるものでもあるまい」

「それはそうですが……」

千弦に理論的に指摘されて、さすがに口ごもる。

「しかし…、それこそ、この男に山が登れますか？」

守善は懐疑的に男を眺める。

いかにも線が細く、志奈祢山までの旅でさえ難しそうだ。道中は山賊や追い剝《は》ぎなども多いが、とても刀を振り回せそうな腕でもない。

「足手まといになるのは困りますよ」

なかば仕返しのように、守善は言い放つ。

それにイリヤが、あからさまにバカにしたように薄く笑った。

「千弦。おまえの弟にしては、まことに能なしだな。見る目もない」

無造作に言い捨てると、イリヤがするりと立ち上がる。

「なんだと？　――あっ…、おい……っ」

思わず声を上げた守善の前で、イリヤが着ていた着物をいきなり脱ぎ落とした。

剝《む》き出しの白い肩が目に飛びこみ、さらに下は何も身につけていなかったらしく……、さすがに守善はあせる。

とっさに目をそらそうとした。

だが白い着物が足下に落ちきらないうち、イリヤの輪郭《りんかく》がゆらりと歪《ゆが》むようにぼやける。

「な……」

そして次の瞬間――。

守善の目の前にいたのは、しっとりと濡《ぬ》れたような茶色の毛皮に黒い斑点《はんてん》を持つ、しなやかで美しい獣。

一匹の豹だった——。

◇　◇

守善とともにイリヤが月都の都を出たのは、それから二日後だった。

急な旅でもあり、守善が配下に仕事を振り分ける指示を出すのに少し手間取ったのである。

イリヤ自身、この男と二人で旅などとうっとうしい…、と思っていたのだが、どうやらそれは守善も同様のようだった。まったく身の程知らずにも。

目的地は志奈祢山だったが、まずはその山の入り口である、美ノ郷《みのさと》領へ入ることになる。美ノ郷の領主は現王の弟であり、千弦や守善にとっては叔父に当たる男のようだ。

まずはそこで準備をし、天候を見てからでなければ山へは入れない。……守善が、だが。イリヤ自身はもちろん、いつでも行ける。

——それでよく足手まといだなどと……。

冷笑してしまうくらいだ。

守善については、おおよそのことは千弦から聞いてはいた。剣の腕はよいのに、兄弟たちの中で唯一、守護獣を持っていない男だと。

月都の長い歴史の中でまったく例のないことではなかったが、確かにめずらしいと言える。

人間性に問題があるんじゃないのか？

と、イリヤは辛辣《しんらつ》に聞いてやったが、千弦は、いい男だと思うけどね、と苦笑していた。

『兄弟の中では勧められる男だぞ』

と、ちょっと意味ありげに言ったものだ。

千弦の言いたいことはわかる。が、イリヤは気がつかないふりをしていた。

イリヤも、かつての主を失ってからかなりの年月がたっている。

だが、別に心配してもらうようなことではなかった。

イリヤは人の姿で、馬を借りて守善と同道していた。

守護獣の中でも、力のある者は人の姿をとることができる。主に大型獣だが、おそらくそれは、主とともに行動しやすいように、なのだろう。

リスくらいなら主の肩に乗って動くこともできるだろうが、さすがに豹やトラを連れて外を歩くとまわりを驚かせる。騒がれても面倒《めんどう》である。

イリヤは馬の鼻の差、先を行く守善の横顔をそっと盗み見た。

さすがに近衛兵だけあって馬の扱いには慣れているようで、人も物も野良の動物も入り乱れた王都の下町を、巧みな手綱さばきで飄々《ひょうひょう》と抜けて行く。

剣の腕は確かだという。それこそ、守護獣の助けがなくとも。

間違いなく王の血筋のようだし、いったい何が問題なのか…、という気がするのだが。

主としてつきあう上で人間性は確かに大きな問題だが、かといって契約する時に守護獣たちがそれを見抜けるわけではない。相性なども、能力的な相性を感じることはできるが、性格的に合う、合わない、というのが、顔を見た瞬間にわかるわけでもない。

ましてや相手が赤ん坊だったりすると、どんなふうに育つのかは、本当に守護獣にとってみれば「賭」でしかないのだ。

それでも力のある主を捕まえようと思えば、あえてその賭に出るしかない、という状況もある。もともとの力が弱い主だったりすると、こちらがどれだけがんばろうが、増幅できる力は限られてくる。

さらに、うっかりすぐに主と死に別れたりすると、あとが大変だった。自分の寿命や力を蓄えられないままに放《ほう》り出されるわけで、はぐれ守護獣になり、次の主を捜す時にはハードルを低くするしかない。それにつけこまれて、いいかげんな主に当たる確率も高くなる。

そして逆に命をすり減らし、ボロボロになって死ぬのだ。イリヤ自身、何匹もそんな守護獣を見てきた。

主を選ぶのは、自分たちにとってはまさしく死活問題なのである。

それを「仕方なく」「間に合わせで」契約されてはたまったものではない。

雪豹などは、ペガサスほどではないにしても、本来、めったにお目にかかれないレアな守護獣だ。能なし皇子にチャンスをくれてやるには、贅沢なほどに。

本当ならば、喜び勇んで、一目散に会いに向かうべきではないのか？　と思う。

それが礼を尽くすということでもあるはずだ。

それを、旅に出られる楽しさからか、暢気にあちこちと立ちよっていくなど。

要するに、守善本人はそれほど守護獣に興味がないということなのだろう。ただ千弦に言われたから仕方なく、行ってみることになっただけで。

守善は王宮を出てからまっすぐに目的地へ向かおうともせず、腹ごしらえをしていこう、という言い訳で、なかば無理やりイリヤをこの下町へ連れて来たのである。

イリヤ自身は、こんなゴミゴミとした、人の多いところは苦手だったのに。

守善には馴染んだ場所らしく、時折知った顔を見つけてはにぎやかに挨拶《あいさつ》を交わしていく。

相手は物売りの親父《おやじ》やら、使い走りをしている子供やらと、まったく庶民のようだったが、守善の身分を知っているのかどうなのか、そのへんの遊び仲間のような馴れ馴れしい口の利きようだ。

「ああ…、ここだ。うまいぞ。俺もひさしぶりだな」

やがて一軒の粗末な飯屋の前で馬の足を止め、ひょいと下りる。近くにいた顔馴染みらしい子供に小遣いをやって、馬の世話を頼み、いそいそと中へ入っていく。

仕方なく、イリヤも馬を下りて待ってくれていた子供に手綱を預けた。

隣は飲み屋らしく、昼間から飲んでいる連中もいる。

「おっ、キレイなにーちゃんだなー」

「ハハッ、掃きだめに鶴《つる》ってか」

先に中へ入っていた守善から遅れて、少しばかり薄暗い中へ入ろうとしたら、隣の店先からからかうような声が聞こえよがしに響いてくる。

ふと足を止めて、イリヤはそちらを見た。

見るからに酔っ払いだ。まだ若い三人の男。二十代なかばで、守善と同じくらいだろうか。

こんな場末の飲み屋にいるわりには身なりもそこそこまともで、腰には刀が下がっている。市中の警備兵だろうか？

それにしてもこんな昼間っから働きもせずに酒か…、と思っていると、男の一人が大きく手招いてきた。

「ちょっと来いよ、にーさんっ」

わずかに眉をよせたものの、イリヤはそちらへ近づいていく。

「うおっ、来たぜっ？」

呼んでおきながら、酔眼を見開いて驚いたように声を上げる。

「何か用か？　私は鶴ではないが」

「……あ？」

真面目な顔で言ったイリヤの言葉に、わけがわからないように三人で顔を見合わせ、いきなりゲラゲラと笑い出した。

「いい！　アンタ、最高だなっ」

「飲もうぜっ！　ほら、一緒にさっ」

だらりと手を伸ばしてきた男がイリヤの腕をとり、引っ張って横にすわらせようとする。

「触るな。無礼者が」

それをぴしゃりと払いのけ、イリヤは冷ややかな目で男たちを見下ろした。

まったく、最近の人間はろくでもないヤツらばかりだな……。

と、内心でむっつりと思いながら。

「うわ…っ、つ……」

振り払われた男がよろけた拍子にもともと安定の悪かったテーブルが傾き、ビールらしいグラスが倒れ、皿がすべるように地面に落ちて、すわっていた他の男たちも巻き添えを食らうように、そろって地面に転がり落ちた。

ガシャンと派手《はで》に食器が砕け、結構な騒ぎになって、あっという間にまわりの目が集中する。顔をしかめ、いかにも非難するような眼差しだ。もともと、あまり好かれている連中ではないらしい。と同時に、無責任にはやし立てる野次馬《やじうま》もいる。

「な、なんだ、こいつ……！」

「なにしやがるっ!?」

無様に尻餅《しりもち》をついた男たちがようやく身体を起こし、顔を真っ赤にしてわめいた。

むしろ、まわりのヤジに血を上らせたようだ。

「何をしたつもりもないが？　おまえたちが勝手に転がったんだろう」

イリヤはふん、と鼻を鳴らす。

まったく、見苦しいことこの上ない。

「なんだとっ、きさま……！」

「俺たちが誰だかわかってるのかっ！」

声を荒げると、男の一人がとうとう勢いで腰の刀を抜いた。

うおっ、きゃぁっ…、とまわりで小さな悲鳴が飛び交い、はやし立てていた群衆もどよめいて、一気にあとずさる。

「恥をかかせやがって！　タダですむと思うなよっ」

男が大きく刀を振りかぶった時だった。

バシャッ…！　といきなり目の前に水飛沫《しぶき》が散った。

大上段に刀を構えた男の顔面に、まともに浴びせられたのだ。

「おいおい…、何をしてるんだよ、おまえらは」

そして、どこかあきれたような守善の声が聞こえてくる。

カタン…、と隣のテーブルに持っていたグラスを置き、するりと間に大柄な身体を割り込ませた。

何気なく片腕でイリヤをかばうようにしながら、男たちに向き直る。

「どけよっ、てめぇっ！」

「なんだよっ、おまえのツレかよっ!?」

何が起こったのかわからないように頭をふって水気を払っている男の横で、仲間の二人がいきり立って声を上げた。

「頭を冷やせ。おまえたち、今日は非番なのか？　その鞘の色だと…、王都警備兵か」

守善がわずかに眉をよせて、独り言のようにつぶやく。

どうやら月都の兵は、所属ごとに刀の鞘の色が違うらしい。連中が持っているのは黒で、守善が持っているのは渋めの朱色だった。

「くそ…っ、何しやがるんだよっ！」

ようやく我に返ったのか、水を浴びせられた男が他の二人を押しのけるようにして向かってくる。

両手でがっちりと握りしめた刀を、思いきり振り下ろそうとする。

「バカ者がっ！　往来でむやみに刀を抜くな！」

一喝《いっかつ》すると、守善が腰の刀を鞘ごと引き抜き、弾くようにして相手の手首を打ったかと思うと、返す刀で——鞘越しだったが——男の顎にたたきつける。

ぐぁっ！　と濁った声を上げて、男が吹っ飛んだ。

ほう…、と思わず、イリヤは声をもらした。

なるほど、千弦が言うだけあって、確かに腕はいい。相当な速さだった。重さもありそうだ。

それを見ていた仲間の二人の表情が、一瞬に青ざめる。小さく唇を震わせながら、守善と地面に転がった仲間の顔とを見比べる。

「酔いは覚めたか？　おまえたち、俺の顔を知らんのか」

「えっ？」

守善のそんな言葉にとまどったように目を瞬き、そして守善の持つ刀の鞘の色も確認したのだろう。

ハッと、大きく見開いた。

「あ……、な、七位様…っ？」

「しっ……失礼いたしましたっ！」

顔色をなくして、あわてて膝をつく。

「行け。自分の命を賭ける気でなければ、市中で刀は抜くな」

ぴしゃりとそれだけ言うと、守善は刀を自分の腰にもどす。

はっ！　と頭を深く下げ、逃げるように男たちは去って行った。

「何をやってるんだ？　おまえは……」

それを見送ってから振り返った守善が、あきれたようにイリヤを見る。

「よけいな真似を。あんな連中ごとき、私の手に余るとでも思ったか？」

腕を組み、憮然《ぶぜん》と言ったイリヤに、守善が肩をすくめた。

「そりゃ、人間風情におまえを押し倒せるとは思わないけどな。……あれ？」

そしてふと、思いついたように首をかしげる。どこかうれしそうな、わくわくした顔で。

「そういや、雪豹って雌か？ おまえがわざわざ訪ねて行くのって、そういう関係？ つがいなのか？」

「違う。雪豹は雄だ。何、鼻の下を伸ばしている」

白眼で、いかにも冷たく返すと、守善は目をそらしてわざとらしく咳払《せきばら》いをした。

「そうか。残念だ」

「どちらにしても、おまえの手に負える相手ではない」

「だったらせめて、拝謁して目の保養になるとうれしいだろうが」

悪びれず、守善が開き直るように答える。

ふん、とイリヤは鼻を鳴らした。

身の程を知っている、ということかもしれないが、やはりもともと、なんとかして守護獣になってもらおうという熱意がない、ということだ。

あらためて店に入り、イリヤは言われるまま、ガタガタとすわり心地の悪いイスに腰を下ろす。

小さくて粗末な、しかし活気のある店で、そのへんで働いている職人たちの、行きつけの飯屋といった感じだ。

こんな店は初めて入った。基本的に王族についている以上、たいてい食事などは洗練されていたわけで、主と離れてから本体の豹でいれば、もちろん自分で狩りをする。

「ほら、鶏肉《とりにく》のトッピングしといてやったぞ。おまえ、肉食だろ」

メニューの選択などはないらしく、守善が両手に持った大きめの丼の一つを、どん、とイリヤの前に置いた。

ごったもり、という感じだ。よく言えば豪快、悪く言えばごちゃ混ぜ。

いろんな食べ物が積み重なっているらしく、下の方は何が入っているのかもわからない。上の方には蒸し鶏の身をほぐしたものと、その上に半熟の目玉焼きがのっているのだけは確認できる。真ん中あたりには野菜も入っているようだ。

見た目はすごいが、しかし匂《にお》いは案外おいしそうだった。香ばしいソースの匂い。何かフルーツも混ぜているらしい。

イリヤが箸《はし》をとっている間にも、守善はガツガツと食べ始めていた。守善の丼も似たようなものだが、何が入っているのか、さらに高さがある。

「それにしても、守護獣っていうのは案外、世間知らずなんだな。相手は酔っ払いだ。もうちょっと対処のしようがあるだろう」

食べながらあきれたように言われて、カチンとくる。

「守護獣の世話は主の責任だろう。私たちが人間の世間を知る必要などない」

こぼさないように慎重に卵の黄身を崩しながら、イリヤはむっつりと返した。

「主がいれば、だろ？　いない期間があるんなら、それなりに世渡りの仕方を覚えろよ」

ムカッとするが、言っていることは正論なので反論する言葉が見つからない。

「別に…、山にでもこもっていればすむことだからな」

そんなふうに言い返してみるが、あっさりと論破される。

「それじゃ、いつまでたっても新しい主は見つからないだろ？　だから雪豹だって死にかけてるんだろうが」

「別に死にかけているというほど、衰弱しているわけじゃない」

「こもりっぱなしじゃ、いずれそうなるんだろ？　だから兄上とかルナが、口を出してるんじゃないのか？」

……実際に、その通りなのではある。

イリヤはむっつりとしたまま、食べる方に集中するふりをする。

いろいろとごちゃ混ぜだが、意外とまとまった味でかなりおいしかった。素朴な感じだ。千切りのキャベツも中に入っていて、ソースや卵がほどよく絡まっている。その下には白飯があるらしい。

「そういえば、最近ははぐれ守護獣も増えているとは聞くけどな…」

豪快に手羽先らしい塊を口に放りこみ、骨だけを口から引っぱり出しながら、思い出したみたいに守善がつぶやく。ご飯粒を顎のあたりにつけているのが、なんとも情けない。

まったく、王族とは思えなかった。

それを横目にしながら、イリヤは淡々と言った。

「おまえのように、主として力を貸す甲斐《かい》のない人間が増えてきたということだな。嘆かわしいことだ」

「……ハイハイ」

苦言を聞き流すみたいにうめいて、守善が肩をすくめる。

「ともかくおまえも、せめて旅の間はよけいな騒ぎは起こすな。おまえだって、無駄に力は使わない方がいいんだろうが」

何気ない言葉だが、つまりイリヤも主がいない以上、今身体にある「栄養」のストックを使い果たしてしまうと命に関わるから、ということだろう。

「私はまだ十分に余力はある」

素っ気なく、イリヤは答えた。

と、ふと何か思いついたみたいに顔を上げて、守善がにやりと笑った。

「ま、危なくなってきたらいつでも言え。俺がもらってやってもいいぞ？」

冗談なのだろう、とはわかる。

が、それは、結局のところ人間は守護獣がいなくても生きていけるが、守護獣にはどうしても人間が必要だという優位性をあらためて指摘されているようで、むかっとした。

まっすぐに顔を上げ、イリヤはぴしゃりと言った。

「意に染まぬ主を持つくらいなら、死んだ方がマシだ」

やれやれ…、というように、守善がため息をつく。

「面倒なヤツらだな…。おまえといい、引きこもりの雪豹といい」

「同族だからな」

本気でそう思っていた。その覚悟もある。

みじめに、餌を与えられるようにして生きているよりはずっとマシだ。

食事を終えてからようやく王都を出て、美ノ郷の方へと向かった。

かといって急ぐわけでもなく、のんびりと旅を楽しんでいるふうなのに、ちょっといらつく。

まわりがのどかな農村の風景に変わって、たまに速駆けで飛ばすこともあったが、それも旅を急ぐというより自分の楽しみのためのようだ。

季節もよく、心地よく風が渡る川沿いの野原あたりでは、イリヤがにらんでいなければ昼寝くらいしていきそうである。

王都を出たのが昼を過ぎていたので、その夜はすぐ隣の領で宿をとった。

身分を伝えればその地方ごとの首長の館に泊まることもできるはずだったが、守善は気にせず、適当な安宿を選んだ。

まったく、扱いが大雑把すぎる……。

イリヤは内心でうなっていた。

それはもちろん、自分は守善の守護獣でもないのだから、待遇にとやかく言う権利はないのかもしれないが。

それでも一日近く一緒にいて、イリヤはそっと、守善の様子をうかがっていた。

実は、千弦やルナに頼まれていたのだ。

志奈祢山の道案内という口実で、守善としばらく一緒に過ごして、守善には守護獣を得るだけの「能力」が本当にないのかどうかを見極めてほしい、と。

そうでなければ、自分は一足先に山へ行って、そこで待っていればすむことなのだ。

もしかすると守護獣を持ちたくなくて、能力のないふりをしているのではないか、と千弦は疑っているらしい。

人間というのは誰でも、自分の力を大きくしてくれる守護獣は持ちたがるものだと思っていたので、イリヤとしては半信半疑だったのだが、守善を見ているとあるいはそういうこともあるのかも、という気がしてきた。

本当に関心がないようなのだ。……それはそれで、ちょっと腹が立つ。

いや、別にこの男の守護獣になりたいわけではないのだが。

イリヤにしてみれば、前の主と別れて以来、これだけ近くで、二人だけでいた人間は初めてだった。が、守善に特別な力があるようには、正直、感じられない。

いや、感じられない、というより……何だかわからないのだ。

何かありそうな気はするのだが、その正体がつかめない。

千弦も同じようなことを言っていた。

「見えないんだよね、守善の能力は。何かある気はするのだけどね…」

――と。

ペガサスの力を得ている千弦が迷うのもめずらしい。

しかし実際、あれだけ剣の腕がいいのであれば、攻撃系に突出した能力を感じてもいいようなものなのだが。

何というのか、もやもやした感じだ。

これでは他の守護獣たちが敬遠する気持ちもわかった。結局のところ、箸にも棒にもかからない、ということなのかもしれないし。

……この暢気な様子を見ていると、おそろしくあり得そうな気がする。

それでも不思議なことに、守善は動物にはよく懐《なつ》かれるようだった。

通りがかりの村で休んで水を飲んでいたりすると、すぐに野良ネコだけでなく、近所の飼い犬や馬までも近づいてくる。森を抜けていると小動物が併走することもあるし、鳥などもよく頭上を舞っている。

なんなんだ…、と思う。

妙につかみどころのない男だった。

その翌日は、少し早めに宿を出た。よっていく場所があったからだ。

千弦の用なので、それはイリヤも了承している。

守善は相変わらずのんびりと馬を進めていたが、昼前になってそれまでの晴天が嘘のように、いきなり激しい雷雨に襲われた。大粒の、頭に当たると痛いほどのすさまじい雨だ。

「うわ…っ、すごいな……！」

守善は声を上げたが、ちょうど村の境で雨宿りできそうな民家はない。これだけ雷が近いと、うっかり木の下に入るのもまずいだろう。

とにかくびしょ濡れになるのもかまわず、二人は馬を走らせた。

さすがにこの時ばかりは相当なスピードを出していたのだが、いきなり守善が手綱を引いたかと思うと、ふっと振り返るようにして、通り過ぎたばかりだった大木を眺めた。

「おい、何をしている？」

少し行ってからようやくイリヤはそれに気づいて、仕方なく馬を返すと、守善がその大木に向かって走っていくところだった。

雷も鳴っているのに何をやっているんだ…、と思ったら、木の下で守善は馬を下りて、しゃがみこんでいる。

何かを拾い上げたようで、気になってイリヤも近づいた。

「どうした？」

「ああ…、こいつが地面にいるのがちらっと見えてな」

難しい顔で言って、振り返った守善の手の中には、小さな鳩《はと》が震えていた。

雨に打たれてもいたが、それ以前にずいぶんと弱っているようだ。

「おまえ…、よく気がついたな」

感心したのと、あきれたので、イリヤは思わず守善の横顔を眺める。

と、イリヤはそれに気づいた。

無意識に手を伸ばし、鳩の濡れた喉元にそっと触れる。

「こいつ、守護獣だな」

「そうなのか？」

気がついていなかったらしく、驚いたように声を上げる。

「主は…、いないようだな」

ちらっとあたりを見まわして、守善が顔をしかめる。

「リングもないし、主の使いで用に出ているわけではない。ずいぶん長くいないようだな。これだけ衰弱が激しいのは……、そのせいだ」

胸の奥に痛みを覚えながら、それでも言葉は淡々とイリヤは言った。

「はぐれ守護獣か…」

守善が低くつぶやく。

ただでさえ生命力が落ちているところに、激しい雨でたたき落とされたのかもしれない。しかしそのままでも、遠からず死んでいただろう。

守善が懐深くから濡れていない手ぬぐいを取り出すと、そっと小鳩を包みこむ。

その様子をじっと見ながら、イリヤはあえて淡々と口にした。

「おまえが契約してやったらどうだ？　ちょうどいいだろう」

少し、皮肉めいて聞こえたかもしれない。

しかしそっと息を吐いて、いや、と守善は答えた。

「俺では助けてやれんだろう」

そしてスッ…、と立ち上がると、小鳩を慎重に懐に収め、手綱を引いて馬にまたがった。

「急ごう」

今までになく、恐いくらい厳しい眼差しで短く言うと、一気に馬を走らせる。

ほどなく、雨は上がっていた。通り雨だったようだ。

ぬかるんだ道をさらに急ぐと、ようやく次の村へ出た。

「こりゃぁ…、さっきの雨に遭われなさったかね」

最初に目についた宿屋兼飯屋に入ると、主人が火に当たらせてくれた。

とりあえず自分たちの服を乾かしながら、守善が小鳩の身体も温めるようにして水をやっている。

人と触れ合ったせいか、少し元気を取りもどしたようで、イリヤが仲間だということもわかったのだろう――守護獣という意味で、だ。そうでなければ、イリヤにとっては獲物だ――、うかがうように小さな頭を動かしている。開いた目は赤と言うより、鮮やかなオレンジ色だ。

それで少し、守善も安心したようだった。

「悪いな…。俺がどうにかしてやればいいんだろうが」

「なぜ、おまえではダメなのだ？」

尋ねたイリヤに、守善がちょっと迷うように視線を漂わせる。

「おまえが言ったんだろうが？　弱っているところにつけこむな、と」

それでもいつものように言い返してきた。

だが、いかにも言い訳めいている。緊急事態なのだ。小鳩にしても、こんなところで主になれる者が現れたのは幸運と言うしかない。

イリヤはそんな男をじっと見つめ、そしてまっすぐに言った。

「おまえ…、守護獣を持つのが怖いのか？」

ハッと一瞬、鳩の羽を撫でていた守善の指が止まる。

わずかに息をつめてから、ハーッ…、と長く吐き出した。困ったように、まだ湿っていた髪をかき上げる。

「なんかなぁ…。守護獣の命をつないでやるのが主の務めでもあるだろ？　だが、主を守るために命を落とす守護獣も多い。そういうのを見てると、ちょっとな」

優しいのか、臆病《おくびょう》なのか。武人としてはめずらしい。

というか、のんびりと、気ままに生きているようで、そんなことを考えていたのか…、とちょっと驚く。

しかしあえて淡々と、イリヤは言った。

「守護獣にも寿命はある。主を見送ることも、見送られることも普通にあることだ」

よい主を得ることで生命力を高めることはできる。主の能力を補佐する力も強くなる。だが、もちろん寿命はあるし、身体に傷を負わないということでもない。主の命令で動いている間に大ケガを負って死ぬことも、当然あるのだ。

逆に、どれだけ守護獣が力を尽くしても、主の寿命はあるし、病や事故や戦いで主が命を落とすこともある。

おたがいの相性がよければ、おたがいの寿命を延ばし、能力を伸ばし、いろんな身の危険を回避できる確率が高まる、ということに過ぎないのだ。

「わかってはいるが、一個の命を預かる責任が…、ちょっと怖いとは思う。だが持ちたくないわけじゃない。王族としての責任もわかっている。難しいところだな…」

ため息をつくように守善が言って、苦笑した。

「ただ鳩は攻撃系の守護獣ではない。しかしもし俺が主になれば、俺の役に立とうと偵察に出たりすることになるんだろう。そうなると、鷹や何かに襲われる可能性も高くなる。コイツにはもっと別の主の方がいい」

はっきりとそう言うと、行くか、と守善は立ち上がった。

だいたい乾いた服を着こみ、再び懐に小鳩を抱えながら、そっと話しかける。

「もう少しがんばってくれ。姉上なら助けてくれると思うぞ」

この村から山を一つ越えると、この地域の領都になる大きな街に出る。今、守善の姉がそこに滞在しているのだ。

「急ごう」

と、イリヤにうなずくと、駆足で馬を進め、日が暮れる前にはなんとか目的の場所へ到着した。

にぎやかな一角にある、二階建ての大きな館《やかた》だ。この時間でも、人の出入りがそこそこある。

しかし中へ入ると、人は行き来しているがひっそりとした空気が漂っていた。

病院なのだ。

ここの人間らしい者に尋ねて奥へと進む守善に、イリヤもついていく。

表とは違い、奥へ入るとかなり緊迫した雰囲気になり、時折痛みを訴える声も聞こえて、看護師らしい者たちが足早に動いている。

「この程度で騒ぐな、バカ者がっ！　酔って、破片を踏みつけたおまえがトロいのだろうが！」

と、前方の部屋からぴしゃりと厳しい女の声が飛んでくる。

あー…、とどこかげっそりした顔で、守善がその部屋をのぞきこんだ。

「ほら…、これでいい。しばらく足は動かすなよ」

ガチャガチャと物音がして、まもなくヒゲ面の男がしょぼくれた顔で、担架で抱えられて部屋から連れ出された。

それを見送ってから守善が部屋へ入ったのに、イリヤもあとに続く。

守善と同じ長い黒髪を後ろで束ねた女が、血のついた白い上っ張りを脱いでいるところだった。

「姉上」

どことなく及び腰で呼びかけた守善に、ふっと振り返った女がわずかに目を見張る。

「守善。能なしの弟がわざわざこんなところまで何をしに来た？」

おそらくはしばらくぶりだろう、弟との再会に、女が容赦ない罵声《ばせい》を浴びせた。

守善の姉の夏珂だ。目鼻立ちのはっきりした、なかなかの美貌である。

「ふらふら出歩いておらず、おまえはせめて剣の腕でも磨かねばならぬ立場だろうが。父上と兄上の警護はどうした？」

ピシパシと叱《しか》りつけ、上っ張りを脱いで横にいた男に放り投げる。

「きつい姉上だな」

思わず、イリヤはつぶやいた。

「あー、いや。アレは別に悪気があるわけじゃなくてだな…」

いささか体裁が悪いように、守善が頬をかいた時だった。

「へえ…、こちらが噂の無能な七位様ですか」

夏珂の助手だろうか、やはり白い上っ張りを着た若い男が、にやにやとからかうような声を上げた。

なんだ、こいつ…、とさすがにイリヤは眉をひそめた。

軽薄そうな顔は、他人をどうこう言えるほど有能そうにも見えない。こういう無神経さには、イラッとさせられる。

と、スッ…、と空気を切るように鋭く夏珂の腕が上がったかと思うと、固めた手の甲をいきなり男の鼻っ柱にたたきつけた。

ぐわっ…、と声を上げて男の身体が床へ吹っ飛ぶ。

「おまえなどが軽々しく口にしてよい言葉ではないわ」

夏珂がじろりと冷ややかな目でそれを見下ろす。

「……意味がわからない」

思わず、イリヤはつぶやいた。

確かに男の言葉は不快だったが、夏珂自身、同じことを口にしていたのだ。

ただ、夏珂の言葉がそれほど不快に聞こえなかったのは、そういえば不思議だったが。

「親しい間柄だからこそ、言っていい言葉もあるんだよ」

守善が苦笑した。

どうやら弟が少しばかり暢気に育ってしまったので、発破をかけるというか、発憤させるというのか、夏珂にはそんなつもりがあるらしい。もともと口が悪いのも確かなようだが。

そしてまっすぐに近づいてきた夏珂が、自分より大きな守善の身体を、子供にするみたいにぽんぽんと抱きしめる。

「母上はお健やかか？」

「はい。たまには顔を見に帰ってあげてくださいよ」

「なかなか時間がとれなくてな」

夏珂がきれいな顔をしかめた。

夏珂が優秀な医師であることは、イリヤも知っていた。

そのせいで一つのところにはとどまれず、国中の病院をまわっているのだ。自分の技術を教えたり、新しい治療法を研究したり、流行病について調査したり。土地をまわって、自生する薬草の研究などもしているらしい。

と、夏珂がちらっと、少し後ろに立っていたイリヤに目をとめる。わずかに唇の端を緩めた。

「ほう…、おまえ、いつの間にこのような守護獣を手に入れたのだ？　トラ…、いや、ヒョウか？」

一目見てわかった、ということだ。人の姿のままで。さすがに弟とは違う。

「確かに、姉上はおまえより有能なようだ」

イリヤはにやりとうなずいた。

「違いますよ。こいつは単なる連れです」

チッ、と舌打ちして、ちょっと拗《す》ねたように守善が答える。そして、急いで用件を口にした。

「兄上の…、一位様のご用で立ち寄ったんです。書状を預かっていますよ。新しい治療院についてのご相談だそうで」

ちょうど来る前に話していた件だ。美ノ郷領への通りすがりでもあり、守善がその用を言付かったのである。

羽織の袖口《そでぐち》から、厳重に油紙で包んだ手紙を取り出して渡す。

「一位様から？　それはご苦労だったな」

受けとって、夏珂はその場で開き始める。

と、そこへ別の男がゆっくりと近づいてきた。やはり白衣を身につけ、穏やかな笑みを浮かべている。長身で細身の男だ。やわらかな茶色の髪に一筋、黒い色が混じっている。

「おひさしぶりでございます、守善様」

丁重に挨拶をしてきた。

「よう。相変わらず、こき使われているな」

「いつものことです」

にやにやと、顎で姉の背中を指して言った守善に、澄ました顔で男が答える。

「レイリー」

書状に視線は落としたままでも耳はこちらに傾けていたようで、夏珂が不機嫌に指導を入れた。

男がクスクスと笑って、ふっとイリヤと視線が合った。静かに黙礼してくる。

おたがいに察している、ということだ。

レイリーという男は、夏珂の守護獣らしい。察するところ、ジャッカルの。

「そうだ。こいつ、見てもらっていいかな？　ここに来る途中で拾ったんだが」

と、守善が懐からゆっくりと、すくい上げるようにして小鳩を取り出す。

「もちろん。……ずいぶん弱っていますね。鳩の守護獣ですか……」

受けとりながら、レイリーがわずかに眉をよせる。

「それもあってな。姉上に託そうかと思ったのだが」

そんな会話が聞こえたのだろう、夏珂がふっと顔を上げた。

「おまえはよいのか？　守善」

やはり、守護獣ならば、という意味だろう。

なるほど、口では厳しいながら、弟を心配しているのは確かなようだ。

「鳩ですからね。姉上の方がうまくこの子の能力を使ってやれるでしょう」

「そうですね…、夏珂様との相性は悪くないように見受けますが」

穏やかに言った守善に、レイリーもうなずく。

夏珂が読み終えた書状を巻き直し、着物の帯に挟みながら近づいてきて、そっと鳩の喉を撫でる。

「可愛い子だな…」

夏珂が微笑んだ。笑うと、さすがに印象がやわらかくなる。花が開くように美しい。

ふだん厳しい先生にたまにこんなふうに笑われると、患者たちはメロメロだろう。

ククッ…、と小鳩が小さく鳴いた。鳴き声を聞いたのは初めてだ。

小さく、必死に羽を動かして、夏珂の方に首を伸ばしている。小鳩の方も感じるところがあるようだ。

イリヤにしても、こうして夏珂の近くにいると、オーラというのか、身体から発散される力強い気を感じる。

夏珂の「能力」ははっきりとしていた。その力の大きさも、方向性も。

守善には、そういうのがないのである。何かが身体の中にわだかまっている感じで。

「おまえはよいか？」

顔を上げて、夏珂がレイリーに尋ねている。

守護獣を増やすも増やさないも主の自由ではあるが、きちんと、もといる守護獣の気持ちを確認しているらしい。

「はい」

レイリーがにっこりと微笑んだ。

「小鳩に焼き餅は焼きませんよ。仲良くやります」

「では、引き受けようか。この子がよければな」

そう言って、夏珂は無造作に持ち上げた小刀で、スッ…、と自分の小指の先を切る。じわっと盛り上がった血があっという間に滴《しずく》になった。

「私を主と認めるか？」

そっとその指を鳩の口元へ差し出しながら、静かに夏珂が尋ねた。

守護獣もいろいろだが、人の言葉はしゃべれなくとも意志は通じる。

そして契約は、主の血を身体に取り入れることで成る。それはどの守護獣でも同じだった。種族や大きさにかかわらず。

小鳩がゆっくりと首を伸ばし、くちばしでついばむようにしてその血を飲んだ。

くちばしの先が赤く染まり、やがてその色が消えたかと思うと足の片方に小さな赤い輪がはまっていた。

守護獣の、主がいるという印である。

レイリーも、ルビーのような赤いリングが、今は人の姿なので左の手首にぴったりとついている。

「少し養生しろ」

微笑んで言うと、オレンジの目でじっと見つめ、首を持ち上げてクルーッと鳴いた小鳩の頭や喉元を優しく撫でて、夏珂が小さな頭にキスを落とす。

「よろしく。名前を聞かないとね。この方は本当に人使いが荒いから、覚悟して」

「レイリー」

新しく仲間になった小鳩にレイリーが話しかけ、また夏珂のチェックを受けている。

遠慮なく軽口の言い合える、長いつきあいを感じさせた。うまくいっている主従のようだ。このジャッカルは助手としても有能なのだろう。

というより、自分の能力を最大限に活《い》かせるように、夏珂を主に選んだのだ。

彼の存在があって、今の夏珂の評価がある。相乗効果というのか、正しい主と守護獣とのあり方だ。

小鳩は安心したように羽の中に頭を埋《うず》め、目を閉じていた。

この夜は、守善たちは病院の裏にある館に泊まった。渡り廊下でつながっており、医師や看護師たちの泊まりや休憩にも使われているようだ。

守護獣たちも交えて、ひさしぶりなのだろう、姉弟が食事を共にし、守善がこれから雪豹に会いに行くのだと話した。

「雪豹？　また高望みだな」

夏珂がいかにもあきれたような口調で言う。しかしその眼差しは楽しげで、そして期待にも満ちている。

「ああ…、守善様と豹でしたら相性はいい気がしますね」

レイリーが大きくうなずいて言ったのに、そうかぁ？　と守善がちらっとイリヤを横目に、いかにも懐疑的にうめく。

自分が言うのはいいが、守善にその認識をされると、ちょっとムカッとするのだが。

こっちのセリフだ、と思うのだ。

ガサツで大雑把で、気遣いもない。

前の主は、少なくとももう少し心遣いと、向上心はあった。

食事が終わる頃に急患の知らせが入り、夏珂たちはまたあわただしく出て行った。

ゆっくり休めよ、と守善たちには言いおいて。

「女傑だな」

さすがに感心して、イリヤはつぶやいた。

夏珂たちが大変な中、のんびりしているのも申し訳ないが、それでも自分たちに手助けできる分野でもない。

獅子《しし》奮迅の働きというか、兄弟たちの中でも夏珂は一位に次ぐ働きをしていると聞いていた。月都の民衆の支持も高く、深く尊敬されている。

弟の無能さをカバーして母親の立場を守っている、とも言えるが、その分、守善としては比較されてつらいところだろう。

だが、守善にそんなひねくれた様子は感じられなかった。そのあたりは、ある意味、大物なのかもしれない。

「我が姉ながら、すごい女だよ。人間の腹をかっさばいて、ピクピク動いてる臓器を触るんだぞ？　見てられるか」

両手の指を気持ち悪く動かしながら守善がげっそりとした顔を見せるが、それでも言葉の中には姉への敬意が見える。

「しかし、あの小鳩はよかったな」

居間に移って食後に酒をもらいながら、思い出してイリヤは言った。

あの時、守善が拾わなければ、間違いなく衰弱死していただろう。同じ守護獣としては、やはりホッとする。

「そうだな。鳩なら医療向きだろうし。……だが、おまえも鳩の心配をしている場合じゃないだろう。自分の主を捜さなくていいのか？」

守善の方も手酌でグラスにオー・ド・ヴィーを注ぎながら、わずかに首をかしげる。

「命の水」と呼ばれる質のよい蒸留酒だ。領都でもあるこのあたりでは醸造が盛んらしい。口当たりはまろやかだが、かなり強い酒だ。

「王宮にいたんなら、誰か見つけられなかったのか？」

守善が、クッ…、と蜂蜜《はちみつ》色の酒を喉に落としてから、そんなふうに続けて尋ねてくる。

確かに、月都の中で主候補が一番多く集まっている場所は王宮だ。新しい主を得るつもりならば、確かにそこで見つけるべきだったのだろう。

「ピンと来なかったな」

素っ気なく、イリヤは答える。

実際、さりげなく王宮内をまわってみたが、気持ちが惹かれるような相手がいなかったのは確かだ。

「ヒョウ科の動物はえり好みが激しいということか……」

うーん、と守善が難しく眉をよせる。

やはり雪豹のことが念頭にあるのか。

「プライドと美意識が高いと言うべきだな」

「美意識？　なんだ、面食いかよ…」

澄まして答えたイリヤに、守善がぼやく。

それを無視して、ぴしゃりとイリヤは続けた。

「それと、ヒョウ科ではなくヒョウ属だ。愚か者が」

「……だっけか？」

あれ？　という顔をしてから、守善がとぼけたように視線を外した。

そんな横顔に、イリヤはちょっと笑ってしまう。

まったく、ガサツで大雑把で気遣いもない男だが、なぜか和む。

初めはいらっとしていた暢気さも、少し笑えるくらい馴染んでしまったらしい。一緒にいて気を遣わないのもいいのだろう。

と、その時だった。

軽いノックのあとでわずかに扉が開き、男が顔を見せた。

「あの…、七位様」

見覚えがある。夏珂に吹っ飛ばされていた助手だ。

「先ほどは申し訳ありませんでした。つい軽口を……」

おずおずと数歩だけ入ってきて、身を縮めるようにして頭を下げた。

「いいさ。気にするな」

うん？　と顔を上げた守善はすわっていたソファから立ち上がり、男に近づいた。

「姉上はあたりもきついだろうが、また助けてやってくれ」

そして少し話してから朗らかにそう言うと、肩をたたいて男を送り出す。

「本当に人がいいな、おまえは。私があのような侮辱を受けたら、押し倒して腕の一本も食いちぎってやるところだ」

それをソファに腰を下ろしたまま眺めていたイリヤは、もどってきた守善にむっつりと言った。

自分だったら絶対に、言われっぱなしにはしていないし、そんなにあっさりと許してやる気にもなれない。

「怖いな」

それに、どさりと向かいにすわり直しながら守善が苦笑する。

「悪気はないさ。ちょっとお調子者なだけでな。……だが、おまえが俺のことで怒ってくれるとは思わなかったな。礼を言っておこう。ありがとう」

やわらかく笑って言われ、そういうつもりではなかったのだが…、まっすぐな守善の表情にちょっとドキリとする。

「一般的な感覚だ」

無意識に視線をそらし、ごまかすようにグラスに残っていた酒を一気に空けて、それでもふっと、イリヤはどこか懐かしいような、切ない思いが胸にこみ上げてくるのを感じた。

「だが、感謝されるのは悪い気持ちではないな…」

ありがとう——、と。それは主の役に立っている、と確信できる言葉だ。

「おまえだって、前は主がいたんだろ？　毎日のように感謝もされただろうが」

気持ちが表情に出てしまっただろうか。

守善がわずかに眉をよせて尋ねてくる。

「そうだな…。昔はな」

イリヤはつぶやくように答えていた。

ありがとう、イリヤ。助かったよ——。

大きな、温かい笑顔で言われた声が耳によみがえる。

主を守り、助けるために、守護獣は存在する。主から与えられる愛情と信頼で、守護獣は自分の命脈を保つ。

だが——。

「人は変わる」

いつからだろう。少しずつ、歯車がずれてきているような気がしていた。

昔は本当に、主の考えていることがよくわかった。理解もできた。だから、ぴったりと寄り添うようにして助けになることができた。

だが年を重ねるにつれ、主にとって守護獣の存在があたりまえとなり、補佐することがあたりまえとなり。いちいち感謝するようなことではなくなってくる。

守護獣の力を得て、それが自分の本来の力だと、自分だけの力だと思い始める。無意識のうちに。

守護獣を可愛がってはくれる。

だがそれは、パートナーではなく大切な「道具」として、必要な「武器」としてというだけの思いになる。

命じられて自分のすることが、本当に国や民衆のために必要なことなのか、……あるいは、単に主の自己満足のためなのか、わからなくなっていた。

少しずつ主の命令に違和感を覚え、落胆し、幻滅を感じ始めて。

ただ、本当に失望する前に主は死んだ。それがよかったのか、悪かったのか。

もしかすると、自分が迷い始めたことが主に病をもたらし、命を縮めたのではないか。

そんな気がした。

守護獣のくせに。主を守ることが務めだったのに。

「イリヤ」

ハッと気がつくと、いつの間にか守善がイリヤの前に立っていた。

膝を折り、行儀悪く後ろのローテーブルに腰を下ろして、イリヤと視線を合わせる。

目の前で、ニッと笑った。皇子のくせに、さわやか、というより、ちょっと悪人面だ。だが愛嬌《あいきょう》はある。

「人は変わるさ。だが、常に悪い方にとは限らない」

何でもないように、さらりと守善が言う。

楽天的な言葉だ。

「ほら、おまえたちがついてくれたおかげで、どうしようもない悪ガキがすごいイイ男に成長することだってあるわけだろ？」

「人格者で真面目な男が、利己的で頑固な年寄りになる可能性もある」

イリヤは淡々と指摘した。

「あー…、まー、そこは人のせいにしといていいから」

適当なことを言いながら、守善が空になっていたイリヤのグラスに酒を注いでくれた。

「守護獣たちは、人に対していつもまっすぐなんだろうな…。俺にはよくわからんが」

キュッ、とデキャンターの栓を閉めながら、守善が静かに、何か遠くを見るように言った。そして小さなため息をつく。

「悪い。俺だとあんまりうまい言い方ができないが、……そう、夏珂みたいなのもいるからな。レイリーのおかげで夏珂は自分の能力を最大限に使うことができるし、レイリーも多分、満足してくれてると思う」

「そうだな」

グラスを口元に運びながら、イリヤもうなずいた。

あのジャッカルは幸運だ。おそらく、会うべくして会った主なのだろう。

……自分にそういう出会いができなかっただけだ。

どれだけ慎重に主を選んだとしても、あれだけ相性のいい主を得られることは少ない。

「ほら、だから俺にしとかないか？　守護獣がいなくても俺は相当イイ男に成長したわけだが、おまえが俺の守護獣についてくれれば、さらに完璧《かんぺき》な男になれそうな気がするんだが？」

たわいもない軽口だ。イリヤは鼻で笑ってやった。

「もともとの評価値が私とは食い違っているな」

「ひでぇな」

辛辣な指摘に、守善が肩を揺らして笑う。

イリヤもちょっと笑ってしまった。

遠慮のない、好き放題の言い草だ。本当にこの男が主だったら、こんな口の利き方はできないのだろう。

それとも、この男の守護獣なら言えるのだろうか？ 自分の思っていることを全部。

主の言葉に違和感を覚えた時、きちんと聞けばよかったのだろうか？

それは正しいことなのか…、と。誰にとって必要なことなのか、と。

酔っぱらってなどいない。だが、思考はとらえどころがなくとろりと流れ、ひどく感情の揺れが激しくなる。

レイリーのような守護獣を見ると、うれしいと思う反面、うらやましくもあり、自分のみじめさをあらためて思い知らされる。

「結局、守護獣は人がいないと生きていけないからな…。人間はそうじゃない。だからおまえはそんなに暢気に構えてるんだろう」

何か、やりきれないような、歯がゆいような思いが、喉元までこみ上げてくる。

「だがつまらない主につくくらいなら、野垂れ死んだ方がマシだ…！」

知らず、そんな言葉を吐き出していた。

こんなこと、口にするつもりはなかったのに。

感情と理性がぐちゃぐちゃに絡み合って、自分でも収拾がつかなくなっている。

嫌々、命令をこなすようなことはしたくない。やりたくないことを無理やりやらされるつらさは、命もプライドも削り取られる。

もう、あんな思いはしたくなかった。

「イリヤ」

自分でも意識しないままに身体が揺れ、ソファの縁《へり》へ崩れかかる。それでもしっかりと酒のグラスは握ったまま。

男の声が優しく呼びかけ、骨っぽい指先がそっと髪を撫でてくれた。

それがふわりと心地よい。ずっと昔を思い出す。まだ主と心が通っていた頃を。

「同じだよ。守護獣だって、主がいなくても普通の動物くらいの寿命はあるんだろ？　ただ守りたいと思える主と出会えれば、守りたいと思う分、長く生きられるだけでさ」

――守りたいと思う分……？

穏やかな声がぽとん…、と荒れていた胸の奥に落ちてくる。やわらかな波紋が広がって、ふっと気持ちが緩んでくる。

……そう、なんだろうか？　そんなふうに考えたことはなかったけど。

「大丈夫だ。もうすぐ会えるさ。おまえが望むような主とな。……ほら、前祝い」

チン、とグラスの縁が合わされる。

「ん……」

半分目を開けて、イリヤは手にしていたグラスを一気に飲み干した。
会える――だろうか？　本当に？

◇　　　◇

あきれられ、ガミガミと叱られながら姉のところを出たのは、翌日の昼過ぎというたいがい遅い時間だった。

……二人とも、二日酔いで午前中は潰れていたのだ。

ゆうべはひさしぶりにうまい酒を飲んで、守善もそこそこ酔ってしまったのだが、イリヤの方はさらに深酔いしたらしい。がぶ飲みしていたようでもないが、守護獣だと酒のまわりが速いのかもしれない。

その勢いでこぼれたような言葉。

イリヤはふだんから愚痴を言ったり、他人に弱音を吐いたりするような性格とは思えなかったから、今まで……ずいぶんと長い間、一人で我慢していたんだろうな、と思う。

人間は無遠慮に、貪欲に守護獣の力を欲しがる。が、守護獣にとって意に反した使われ方は、心を踏みにじられるのは苦痛なのだろう。

命と引き替えにしても自由を守りたいと思うのは、わからないでもなかった。

それでもやはり、不安はあるのだろう。当然だ。自分の命に関わることだ。

主選びを妥協しないのは悪いことではないと思うが、しかし目の前にほどよい条件の男がいて――いや、条件に合わないから無視されているわけなのだ。

つまり、命がけで仕えるほどの相手ではない、ということをあからさまに示されており、さすがにちょっとガックリくる。

まあ、守善自身に守護獣を持つことに対して、どうしても、という熱意がないのは確かで、そのへんを見透かされてもいるのだろう。

ゆうべはあれから、守善は酔っぱらって眠りこんだイリヤを部屋へ運んでやった。

今までは尊大で毒舌でプライドの高かった男が、本当に子猫みたいに無防備に眠っている顔は、ちょっと可愛い。

ふだんは必死に抑えていたのだろう弱音がこぼれたのも意外で、その強さと脆《もろ》さが少し切なかった。

そして、危うさも感じる。

イリヤにしても雪豹にしても、本当にこのままじゃまずいな…、とは思うのだが、ではどうすればいいのか、と言われると、自分ではわからない。

……自分が守護獣に認められるだけの人間であれば、それだけの能力を示せるのであれば、少なくともどちらかにとっては救いになるはずだが、それができないのだ。

ぐったりとしたイリヤの身体はそこそこ重くて、なんとかベッドへ放り出した弾みで、風呂《ふろ》上がりに貸してもらっていた着物の裾が大きくはだけ、白い足が剝き出しになった。

そもそもが動物だし、しかも雄だとはわかっているが、ひどく艶《なま》めかしくて、無意識に目が泳ぐ。

乱れた髪がやわらかく肌に触れ、妙に落ち着かない気分になる。

吐息を紡ぐ唇がいかにも甘く誘っているようで、守善は思わず、引きこまれるみたいにその唇を見つめてしまった。

思春期の少年にもどったみたいに、下肢がムズムズする。

どうせ寝てて意識もないんだし、運んでやった礼代わりにそのくらい、いいよな…？

と自分に言い訳しつつ、そっと顔を近づけた時だった。

「ん……」

と、鼻に抜けるような息がこぼれ、一気に中心に血がたまりそうになった——次の瞬間。

ふっ…、とイリヤの身体がやわらかく揺らいだかと思うと、しなやかな茶色の豹がシーツに優雅な身体を伸ばしていた。

やばい…っ、と守善はようやく我に返る。

酔っていても本能的に下心を感じ取られたような気がして、守善は急いで部屋を出ると、デキャンターに残っていた酒を寝酒にあおり、今さらに自分も酔っていたふりをしたのだ。

おかげで朝日に照らされた頭はガンガンし、今朝は何となく気まずく、起きてきたイリヤと挨拶を交わすのもドキドキしたが、どうやらイリヤ自身は、酔い潰れたあとの意識はさすがになかったらしい。

ただ、いつにも増して不機嫌そうなのは、やはり酒が残っているせいだろうか。

とりあえずこの日は、ゆっくりと馬を進めた。

イリヤはこれまでより口数が少なく、しかし時々、守善の様子をうかがっているところをみると、どうやら二日酔いのせいだけでなく、ゆうべの自分の失態――うっかり自分が口走ったことを覚えていて、後悔しているのかもしれなかった。

どうするかな…、と思ったが、とりあえず何も聞いてないような素振りで、多少、人間不信気味な動物とつきあう気持ちで、過剰に世話を焼くこともせず、普通に過ごした。

この日の夕暮れには、領境の峠《とうげ》に差し掛かっていた。

山越えには少し遅い時間だったが、出たのが遅かったせいもあり、また姉からは、

「どうせ通りがかりなんだから、片付けていって」

と命令されていたこともあって、まあ、ちょうどいい時間帯だったのかもしれない。

どうやらこのあたりには盗賊の一団が出没しているらしく、しかし領境ということもあって、それぞれの領主も対処に苦慮しているようだった。旅人も、付近の住人も迷惑している。

守善一人では、さほど襲う気をそそる旅人には見えなかっただろうが、イリヤはそこそこ上品な雰

囲気で、金目のものも持っていそうだったのだろうか。お坊ちゃんと従者といったふうに見られたのかもしれない。

予定通り、襲いに出てきてくれたのはいいのだが、思っていた以上に人数が多く、二十人近い集団で、さすがに守善もちょっと手こずりそうな気配だった。長引かせて、他の旅人が通りかかると巻き添えを食らう可能性もある。

まずいな…、と少しあせっていると、退屈そうに見ていたイリヤが手を貸してくれた。

「守善」

盗賊たちとにらみ合う守善の後ろから声をかけられ、顎を引かれて、守善も何となく察した。

「時間をかけるなよ」

わかった、とうなずいて返すと、イリヤがめんどくさげに言いおいて、巧みに馬を操り、見ようによっては逃げるように峠を下って脇《わき》の山道へ入っていく。

「おっと…、待てよ、ほらっ」

「俺たちが遊んでやるからよっ！」

それに気づいた男たちが、下卑《げび》た笑い声を上げて追いかけて行った。

どうやら、狙いは金だけではないらしい。

……よせばいいのに。

ちらっと肩越しにそれを見送って、守善は内心でため息をつく。

さすがに二十人からの荒くれ者を防ぐことはできず、実際、わざと隙《すき》を作って、守善は追って行かせていた。

残ったのは三人ほど、どうやら首領とその側近というところらしい。大物は動かず、どっしりと部下たちが獲物を引っさげて帰ってくるのを待っている、という風情だ。

「あーらら…、お嬢ちゃん、大丈夫かねえ…。あいつら、野獣だからな」

「物足りねぇよなァ…、俺たちの仕事にはよ」

余裕を見せて、残った連中がそんなことをぶつぶつと言っている。

「どっちが野獣だかな…」

思わず守善はつぶやいて、喉で笑った。

「なんだ、きさま……」

「さっさと逃げてりゃ、命まではなくさなかったのによっ」

吠《ほ》えるような声を上げて、男が一人、刀を抜き放って馬を勢いよく走らせてきた。残りの二人は、おもしろそうにそれを眺めている。

ぐんぐん近づいてくる男をいっぱいに引きつけてから、守善は男が大きく上段に振りかぶった一瞬に鞘を払った。

切っ先は違わず男の手首を切り、驚愕と恐怖のない交ぜになった悲鳴が迸《ほとばし》る。バランスを崩して男の身体が馬からすべり落ちるが、それには目もくれず、守善は勢いのまま自分の馬を走らせ、一瞬の出来事に固まった別の男の胴を峰打ちでなぎ払った。

残ったのは首領らしい一人だ。

「な…、きさま……！」

ようやく刀を抜いた男があせったように大きくふりまわしたが、守善にしてみればたいした相手ではない。脇をすり抜けた瞬間、男のうなじに刀の柄をたたき込んでやった。

ぐぁっ、と声を上げて馬から転がり落ち、そのまま気を失う。

地面に転がってうめいていた一人にも、馬上から刀の峰で当て身を食らわせ、守善は様子をうかがうようにしてイリヤの消えた方へ馬を進めた。

イリヤは木立の中へ分け入ったようだが、中まで追いかけることはせず、開けたあたりで待っていると――ほどなく、うわぁぁぁっ！　と野太い悲鳴が耳に届いた。

と同時に、一人、二人と、転がるように駆け出してくる。すでに馬は手放したようだ。

引きつった表情の男たちの前に立ちはだかり、守善は次々と手際よく昏倒《こんとう》させていった。

だいたい片がつくと、後ろ手に縛り上げ、まとめて転がしておく。

そうするうちに、のっそりと一匹の豹が優美な足どりで出てきた。気を失ったらしい一人の襟首《えりくび》に嚙みつき、ずるずると引きずるようにして。

『重い』

不機嫌に文句を垂れて、守善の前で離した。

「ご苦労様」

それを受けとってとりあえず縛ってから、守善は豹の頭と喉元を撫でてやった。

目を細めて、案外気持ちよさそうにイリヤが喉を鳴らす。

「悪かったな。こんなことで体力、使わせて」

命を削らせたんじゃないかと、ちょっと心配になる。

ちろっと上目遣いに守善を見て、イリヤが軽く首をひねると素っ気なく答えた。

『まったくだな。だが、たいした労力ではない。使ったのは体力だけだ』

つまり、生命力ではないので、食べればもどるくらい、だろうか。だといいのだが。

と、手近な木の上にとまっていた鳩が、ククーッと鳴いて守善の肩口で羽ばたいた。

「ああ…、片づいたよ。姉上に知らせてくれ」

腕を伸ばしていったんとまらせてから、守善はそう声をかけて大きく放す。

昨日拾った鳩だ。主を得たおかげか、一晩休んで気力も体力ももどったらしい。

初仕事として、連絡係にここまで守善についてきたのだった。姉からの手紙を足首につけた革の通信筒に預かっていて、守善がうまく盗賊たちを捕らえたらそれを警備兵まで届け、警備兵たちが盗賊たちを引き取りに来てくれるらしい。

「すぐに日が暮れるが、大丈夫か…？」

夕日の中を黒い点になって飛んでいく鳩の姿に、守善はわずかに眉をよせてつぶやいた。

「守護獣だからな。あのくらいの距離なら問題はないだろう」

答えたイリヤは、人の姿にもどっている。が、恥ずかしげもなく全裸だったので、守善はあわてて羽織を脱いで着せかけた。

そして山の中でうろうろしていた盗賊たちの馬を集め、イリヤが脱ぎ捨てた——というか、元の姿にもどった時に脱げ落ちた服を拾ってもどる。

しばらく待っていると、警備兵たちが急ぎやって来たので、盗賊たちを引き渡した。

主として守護獣を使ったわけではなかったが、こうやって連携して動くのもいい感じだな…、と思った。なんだか、わくわくする。達成感というのか、気持ちがいいし、効率もいい。

自分が豹の守護獣の主であれば、あるいはあの人数を一人で相手にできたのだろうか？

俊敏さや剣の速さも、きっと今よりも上がるのだろう。やはりちょっと、体感してみたいとも思う。

守護獣と共に戦う、という感覚を。今よりももっと、気持ちがいいのだろうか……。

この夜は峠を下りたところで宿をとり、翌日からまた美ノ郷へ向けて出発した。

都を出た頃はいらついていたようだが、イリヤもだんだんと、守善ののんびりとしたペースに慣れてきたらしい。初めはピリピリと、時に突き刺さるみたいに感じていた警戒心も、このところ薄れているのがわかる。

小さな村や街に泊まり、途中立ちよった宿で守善が馬の出産につきあってやったり、放牧中にはぐれた仔牛《こうし》を見つけるのを手伝ってやったりするのを待っていてくれた。

『イリヤはおまえの守護獣ではないのだから、おまえの命令は聞かぬ。だがルナの友だ。大事に扱えよ』

と、王宮を出る前に千弦には言われていた。ついでに、

『イリヤは雪豹とは同族になる。信頼を得て、機嫌をとって、旅の間に扱い方を覚えろ」

――と。

豹っていうのは気位が高そうで、めんどくさいな…、と正直思っていたのだが、守善としては案外、楽しい旅になっていた。

まあ、機嫌をとることは、あまりうまくできている気はしなかったが、しかし不機嫌そうな横顔もキレイだし、見ていて悪くない。なんか、にやにやしてしまう。

このプライドの高い守護獣の、酔っぱらって無防備な、色っぽい顔を見たのは自分くらいかもしれないな、と思うと。

やはりあまり世慣れていないせいか――あるいはもともとがネコ科の動物のせいか――好奇心は旺盛なようで、守善が何かしていると、時々後ろに忍び寄ってこっそりと顔をのぞかせている。だが、興味を持っていることを気づかれるのは嫌らしく、守善が振り返るとあわてて無関心なフリをしているのが、妙におかしい。

結局、都を出て八日後に、守善たちは美ノ郷の領都へと入った。

月都の北方、志奈祢山を挟んで隣国と国境を接している広い一帯で、月都では王都に次いで栄えて

いる地域である。領都に入ると、これまでにない人の多さを実感できる。

「にぎやかだな…」

ちょっと驚いたようにつぶやくイリヤに、守善は首をかしげた。

「志奈袮山に行くのは初めてじゃないいんだろ？」

「私一人で行くのなら街は通らない。山伝いに向かう。その方が効率的だし、面倒がないからな」

あっさりと言われて、なるほど、と肩をすくめる。

つまり、お荷物なのは自分なのだ。

しかしとりあえず、美ノ郷の領主である総炎《そうえん》には挨拶しておくように、と千弦から言われていたので、山を背にした高台に立つ広大な館へと向かった。

実のところ、守善もこの叔父の館は初めて訪れたのだが、王宮にも匹敵する大きさと豪華さで、ちょっと目を見張ってしまう。館と言うより、立派に城と呼んでいい規模で、さすがに雪も多いのだろう、堅牢な石造りだ。

正面の門を入る手前で、イリヤはもとの豹の姿にもどっていた。

総炎も何匹か守護獣を抱えているし、城の中なら豹が歩いていても人を脅かすことはないだろう。

それに守善の身分を証明するにも、守護獣的なものを連れていた方が正門を抜けるには都合がよさそうだった。

案の定、門番に名を名乗り、身分を告げると、相手は守善というより連れている豹を見て、急いで中へ駆けていった。馬で、だ。そのくらいの距離は十分にある。

こちらでお待ちを、と丁重に脇の詰め所に通され、しばらく待っている間に窓から遠く前庭を眺めると、軍の——警備兵だろうか、訓練の様子がちらっとかいま見えた。

数百人ほどが小さな部隊に分かれて整列している。それぞれに小銃を肩に掛け、すでに夕暮れ近かったので、大砲を引いて演習場から帰ってきたところのようだ。かなり大がかりで迫力がある。そう思ってみれば、城のまわりの警備も厳しく、市中でも兵士たちの姿が多く目についていた。

やはり他国と国境を接している土地柄のせいか、どこかのんびりとした都の王宮とは雲泥の差だ。

まもなく使いが帰ってきて、どうぞ、と入城を許される。

「ようこそ、おいでくださいました、七位様」

館の入り口まで門番に案内され、そこからは侍従《じじゅう》らしき初老の男が待っていた。

そこで馬を預け、イリヤを連れて守善は中へと足を進めた。

守護獣には慣れているはずだが、それでも行き交う兵や使用人たちはイリヤの優美な姿に足を止め、通り過ぎたあとでもふり返る。

なかなか気持ちのいいものだ。守護獣を連れたがる兄弟の気持ちも、ちょっとわかる。

ただ奥へ進むにつれ、守善はなんとなく妙な感覚を覚えた。じわっと何かが肌にまとわりつくような感じ。

領主のプライベートな空間に近づくわけで、人の往来が少なくなり、静かになるのはあたりまえなのだが、それとは違う。

何かが物陰で息を潜めているような、緊迫した雰囲気だ。

『空気が悪いな』

イリヤがポツリとつぶやいたが、一言で言えばそういうことだろう。空気が重く、息苦しい。

通りかかった、四方を渡り廊下で囲まれた中庭には、動物たちが何匹も見える。守護獣だろう。

木の枝には鷹と鷲がおとなしくとまり、別の木には金色のしっぽのリスややはり金毛のヤマネの姿もある。そして木陰には、大きなトラが寝そべっていて、少し離れて灰色狼《おおかみ》らしい姿。オレンジのきれいな毛並みの山猫に、毛足の長い黒毛の馬。あまり見かけない、めずらしい種類が多く、ほう…、と思わず感心してしまう。

それにしても、数も種類も多かった。

王宮であればそれもわかる。多くの王族が暮らしているわけで、王やその子弟、それぞれの守護獣が数多くいて不思議ではない。

だが守護獣がつくのは、直系の王族が基本になる。王の実弟である総炎に守護獣がいるのは当然としても、その子供たちにつくことは、もちろんないことではないにしても、確率としてはぐっと低くなるはずだ。

その数の多さもだが、守善は妙な違和感を覚えていた。

初めはそれがなんだかわからず、なんだろう…？　と考えていて、あっと気づいた。

動いていないのだ。どの動物もまるで死んだように、あるいは剝製《はくせい》みたいにじっとしている。暑さや寒さが厳しい時期ならそれもわかるが、今は一年で一番いい季節なのだ。王宮にいる動物たちははしゃいで、毎日のように庭を走りまわっている。

確かに、王宮よりずっと北方にあるこの地方だと、真夏でも涼しいくらいではあるのだが……。なんだろう…？　と首をひねったものの、だからといってケガや病気のようでもなく、ある意味、よく躾《しつ》けられている、と言えるのかもしれない。

「どうぞ、こちらでしばらくお待ちくださいませ。ご領主もまもなくお見えになります」

やがてそんな言葉とともに、きれいに整った一室に通された。

珈琲《コーヒー》が運ばれ、守善はとりあえず腰を下ろす。

しかしなかなか総炎は姿を見せず――まあ、領主としての務めがあるのだろうから、待たされるのはかまわないのだが、なんだか妙な気配があった。

開いたままの窓の外に入れ替わり小鳥が飛んできたり、部屋の隅をちょろっとネズミが走り抜けたり、音もなく入りこんだネコが部屋を横切ったり。

館の中を自由にさせているのだろうから、動物たちも客がめずらしかったのかもしれないが、何となく見張られているような心地の悪さを感じた。

カウチソファの上に寝そべっていたイリヤがふっと小さな顔を持ち上げてそれらをにらむと、あわてたように飛んで逃げる。

「ここの守護獣はおとなしいんだな…」

なんとなく場つなぎみたいに、守善はそんなことをつぶやいた。的を射た言葉とは、自分でも思えなかったが。

イリヤはそれには答えず、耳をピクピクさせてあたりの気配をうかがっているようだった。

そして半時間ほども待って、ようやく叔父が姿を見せた。

守護獣だろう、堂々たる体軀《たいく》の獅子を引き連れている。イリヤよりふたまわりほども大きい。

「待たせたな、守善」

太い声だった。それに見合って体格もいい。少し長めの濃い顎ヒゲがよく似合い、羽織っている着物も金糸銀糸を織りこんだ豪華なものだ。

どさり、とソファに腰を下ろし、肘掛けに肘をついて立ったままの守善を見上げる様子にも、どっしりとした王者の風格がある。

正月や何かの儀式の時など、年に一、二度は総炎も都の王宮に赴くのだが、実際のところ、現月王よりも王らしい押し出しと貫禄があって、兄と並ぶと本当にどちらが王なのかわからないくらいだった。

現在は四十代なかばのはずだが、若い頃は猛将として知られ、剣は相当に使うらしい。父の兄弟の中ではもっとも腕が立ち、また為政者としてもやり手で、この美ノ郷を北の要衝として発展させたのも、総炎の手腕である。

それは認めるところだが、しかし守善としてはあまり好きになれない相手だった。

これまでも何度か顔を合わせており、別に何をされたというわけでもないのだが、どことなくうさんくささを感じてしまう。

……もしかすると、能なしの自分と違って、できる男への嫉妬《しっと》なのかもしれなかったが。

世継ぎでなくとも、やり手であればこのくらいの成果は出せるわけだ。それをはっきりと見せつけているわけで。

「おいそがしい中、突然に申し訳ありませんでした」

それでも丁重に礼をとった守善に、総炎は朗らかに言った。

「いや。甥《おい》がこんな最果ての地を訪ねてくれるのはいつでもうれしいものだ。兄上や一位殿は息災かな？」

「はい、おかげさまで。叔父上もご健勝のご様子でなによりです」

「こんな田舎では毎日変わり映えもなく、退屈なことだけが苦痛だがな。……それにしても守善、そなた、ようやく守護獣を手に入れたのか？」

興味深げに鋭い眼差しを床に寝そべるイリヤに向ける。

「ああ…、いえ。この豹は預かりものです。というより、道案内についてきてもらったんですよ」

守善は頭をかきながら苦笑した。

「実は裏の志奈祢山に雪豹が引きこもっているらしく、私の守護獣になってもらえぬものか交渉してこいと、一位様から尻をたたかれまして」

「ほう…、雪豹？　それは初耳だったな」

ちょっと驚いたように、眉をよせて総炎がヒゲを撫でる。

「しかし守善、そなたに雪豹とは、少しばかり手に余るのではないかな？」

いかにも楽しげな眼差しで言うと、膝を打って豪快に笑い出す。

さすがにムッとしたが、守善も笑って返した。

「やるだけのことはやってみるつもりです」

「その豹も主はおらんようだな？」

総炎がじろじろとイリヤを眺めてから、顎で無造作に指す。どこにも印のリングがないのを確認したのだろう。

「……ええ、今は」

微妙に嫌な感じがして、なんとなく慎重に守善は答えた。

「それは普通の豹のようだが、おまえはそれでは不服なのか？」

あっさりと言われて、守善は一瞬、言葉につまる。

叔父にとっては何気ない、どうということもない言葉だったのかもしれない。

しかし自分のことはともかく、イリヤのことも侮辱されたような気がして、守善は腹の底が一瞬、カッ…と熱くなる。それでも必死に、それを押し殺した。

「イリヤは…、私には過ぎた守護獣ですよ」

低く押し出すようにして、ようやく守善は答えた。

無意識に握りしめた拳に力がこもるのがわかる。

「そうだな。まぁ、普通の豹でさえ扱えぬおまえの実力では、雪豹にはとても手が届くまい。だが試して悪いわけではないからな。志奈祢の山にはまだ深い雪も残っているし、かなり険しい。ここで十分に準備をしていった方がよかろう」

総炎が鷹揚《おうよう》に言った。

「ありがとうございます」

硬く作った笑顔で、守善は頭を下げる。

「実は明後日《みょうごにち》がわしの誕生日でな」

「ああ…、それはおめでとうございます。しかし、叔父上はお年を感じさせませんね」

ちょっとしたお世辞ではあるが、なかば本心でもある。

この叔父は年々、力を蓄えているような気がするのだ。よく言えば若々しく、悪く言えばギラギラしている。

実際、愛妾も多いし、子供も多い。確か、十人は超えているはずだ。

「盛大な宴《うたげ》を催すことになっておる。おまえもそれまでは滞在して祝ってくれるかな？」

「ああ…、はい。それはもちろん」

あまり長居したいところではなかったが、角を立てることもできない。

満足そうにうなずき、総炎が立ち上がった。

「では、部屋を用意させよう。ゆっくりと休むがいい」

ありがとうございます、と頭を下げた守善は、思い出したように尋ねた。

「それにしても、この館には守護獣がたくさんいるんですね。全部叔父上の守護獣ですか？」

「全部ではないが、ほとんどはそうだな」

満足そうな笑みを浮かべ、指輪のはまった手がかたわらの獅子のたてがみを撫でる。

「それはすごい…」

思わず出た感嘆ではあったが、なかば皮肉でもある。

一人でそんなに抱えこむから自分にまわってこないのだ、などという僻《ひが》みではない。そんなに抱えていて、それぞれの守護獣の面倒が見られるのか…？　という懸念だった。

世話というだけなら、使用人たちでもできるのだろう。餌をやるくらいなら。

だが守護獣を抱えるというのは、そういう問題ではない。それぞれに、十分な愛情をかけてやる必要があるのだ。

確かに、精力的なこの叔父ならそれも可能なのかもしれないが……。

それでも妙に理解できない。

一匹では足りないのだろうか？　これだけの領地を治めるには、それだけの数が、守りが必要なのだろうか……？
守善は部屋を出る叔父の背中を見送りながら、そっとため息をついた。
なんとなく、悪いな…、という気持ちで、伸びた手のひらがイリヤの頭を撫でる。
わずかに顔を上げ、イリヤが守善の手をなめ返してくれた。
わかっている——、と答えるみたいに。

◇　　◇

総炎の城に入った瞬間、ざわっ、と肌が粟立《あわだ》った。
何か、みっしりとした波が押しよせて来たような感覚だった。
声にならない叫び声だ。
たくさんの獣たち——守護獣たちの。
何か、おかしい……。
イリヤははっきりとそれを感じていた。
そして館の奥に進んで行くにつれ、その原因がわかったような気がした。

明らかに守護獣の数が多すぎるのだ。一人の主が抱えるにしては。

もちろん……それはもちろん、守護獣たちがそれを納得して契約しているのなら、他から口を挟むようなことではないのだが。

入れ替わり立ち替わり、守護獣たちが様子をうかがいに来ているのがわかった。

守善の、というより、イリヤの、のようだ。

主の命を受けて——だろうか？

何か得体の知れない不安が、ムクムクと身体の奥から湧《わ》き上がっていた。

どうやら守善と美ノ郷の領主である総炎との話では、あさっての宴まではこの城で滞在することになったらしい。

総炎への挨拶のあと、客室の一つに案内され、……侍従にはどうやら守善の守護獣と認識されていたのか、部屋は一つだった。

まあ、たいした問題ではない。

「さっきは悪かったな…」

旅装を解きながら、守善がどこか口ごもるようにあやまってきた。

『何がだ？』

しかしイリヤにはその内容が思い当たらず、のっそりとソファに上がって身体を伸ばしながら聞き返す。

「叔父が…、おまえを普通の豹だと」

言いにくそうに口にしたのに、ああ…、とイリヤは首をすくめる。

『別におまえがあやまることではないだろう。第一、私よりおまえの言われようの方がひどかったと思うが』

「俺は、まあ…、身内だからな。あの精力的な叔父からすれば、俺みたいなのはもどかしく見えるんだろうし」

守善が軽く肩をすくめてみせる。

『別に普通の豹で悪いわけではあるまい？』

イリヤはそろえた前足の上に頭をのせて寝そべりながら、ちらっと笑って返した。

どこか試すような思いで。

「あの言い方は気に食わない」

それに、守善は顔をしかめてきっぱりと言った。

「雪豹と比べて、おまえが劣っているところは何もない」

そしていくぶん怒ったように続けられて、イリヤはちょっと瞬きをした。

胸の奥がくすぐったいような、妙に落ち着かない気持ちになる。

――イリヤは、私には過ぎた守護獣ですよ。

さっき総炎の前でさらりと言った守善の言葉が、耳に残っていた。

なぜか、ドキリ…、としたのだ。ちょっとうれしい……ような。

少しは自分を認めているということだろうか？

『おまえは雪豹を知らぬだろう？』

それでも、イリヤは素知らぬふりで聞いてみる。

「それゃ、雪豹がおまえより劣っているわけでもないだろうがな。だが、おまえが以前の主に尽くしていたことはわかる」

きっぱりと守善が言った。

「おまえが覚悟を持って主を選んでいるのもわかっている。おまえの主になれる男は幸運だよ。まあ、それだけの能力と人間性があるんだろうけどな」

『ずいぶん買ってくれているのだな』

イリヤは喉で笑って、ちょっとからかうように言った。なかば、照れ隠しだったのかもしれない。

『雪豹に相手にされなかったら、私で間に合わせようという魂胆でもあるのか？』

うん？　と守善がわずかに目を見開き、イリヤの表情をうかがうようにして近づいてくる。

本気で言っているのかどうか。

だが、軽口だと悟ったのだろう。

「俺にそんな下心があると？」

『あって不思議ではなかろう？』

「心外だな」

とぼけて言ったイリヤに、守善がいかにもな調子でうなってみせた。そしてふっと伸ばした手で、イリヤのなめらかな毛を撫でてくる。

ピクッ…、と一瞬、触れられた肌が震える。しかしイリヤは、振り払うことはしなかった。撫でられるのは嫌いではない。守護獣はみんなそうだ。

「こんなキレイな獣だぞ。間に合わせで手に入れられるものではあるまい」

『当然だな』

身体をしならせ、澄まして答えてから、イリヤはわずかに顔を持ち上げた。

『おまえの口は、獣相手だとずいぶんうまいな。人の姿の時は褒《ほ》めてもらった覚えはないのに』

「……そうか？　そういや、そうか」

あれ？　と守善が初めて気づいたようにつぶやいて、のっそりとイリヤの寝そべる枕元《まくらもと》へ腰を下ろしてきた。

「うん。獣の姿の方がキレイに見えるからかな」

『どういう意味だ…』

まじまじと眺めて言われ、ちょっとむっとしてしまう。いやまあ、獣の姿を褒めてくれるのもうれしくはあるのだが。

イリヤがわずかに身を起こして軽く嚙みつくふりをすると、守善がクックッと喉で笑った。

ふん、とそっぽを向くようにして、イリヤはそのまま足を組んだ男の膝の上に寝そべった。ちょうど守善の臑《すね》が腹の中心にあたり、少し山なりに身体が伸びるようで気持ちがいい。

前足と後ろ足を大きく伸ばし、くたっともたれかかるようにして、イリヤは無意識に居心地のいい場所を探す。

ふっと、この間の別れ際、守善の姉の夏珂に言われたことを思い出した。

『イリヤ。あなたはあの子の守護獣になってくれるつもりはないのかしら？』

守善が馬の準備をしている間、いきなりそんなふうに聞かれたのだ。

『守善は今から雪豹に頼みに行くところだ』

真剣な眼差しで、冗談のような口調ではなく、一瞬、言葉につまったイリヤだったが、とりあえずそう答えた。

『ああ…、そうだったわね。でも、あなたではダメなの？』

——ダメ……というわけでは、なかった。

自分が望めば、そして相手が受け入れれば、誰の守護獣にでもなれる。仮に守善が王族でなかったとしても。

たとえ……何の力も持っていなかったとしても、だ。

ただ力のない主につくと、それだけ自分が苦労することは目に見えていた。主を守るために身の危険も増えるし、寿命にも関わる。

その気はない、と言い切ってしまうことは簡単だった。

だがイリヤは、なぜか口ごもってしまった。

こうやって、守善と一緒にいるのは気が楽で……悪くない。とも思う。何気なく撫でてくる手の感触も好きだった。大きくて、ちょっとざらざらしていて、力強く、優しい気が流れこんでくるようで。

何か突出した能力はなくても、守善は剣技に優れているようだし、武人としては申し分のない男なのだろう。それだけ、本来の生命力がある。

ならば、守護獣としてついてやっても、大きな問題はないのかもしれない。

だが守善は、別に自分でなくともよいのだ。雪豹でも、他の何でも。

自分から頭を下げて頼むような真似は、絶対にできなかった。しかし守善から頼んでくるようなことも、多分ないんだろうな…、と思う。

そもそも守善自身は、本当は守護獣などいてもいなくてもかまわないのだから。千弦に言われたから、仕方なく頼みに行くだけで。

この男は、一人でも生きていける。まわりの目も声も全部跳ね返して、これまでずっと自分を強くしてきたのだ。

この男に守護獣は必要ない。それが自分でもわかっている。

だから、イリヤにも雪豹にも執着はない。

……それが淋《さび》しく、悔しく思う自分が、ひどくみじめな気がした。

A5判 偶数月9日発売♥
2013 Septembe
リンクス
SEXY & STYLISH BOY'S LOVE MAGAZINE LYNX
9
定価780円
(本体価格743円)
発行／幻冬舎コミック
発売／幻冬舎
好評発売中
表紙／香坂透
特集
お前のすべてを支配する――
ドS
スペシャルコラム漫画
ひなこ
一城れもん
Comic
香坂透 × Story.篠崎一夜
琥狗ハヤテ
ハル
斑目ヒロ
宝井さき × Story.桐嶋リッ
霧壬ゆう
九重シャ
日高あす
いさき李
六路
中田アキ
倉橋蝶
じゃの
Novel
きたざわ尋子 × Cut.陵クミコ
谷崎泉 × Cut.麻生海
茜花らら × Cut.三尾じゅん太
本誌初登場!
柚谷晴日 友江ふみ 鮫沢伎 瀬納よしき

相変わらず暢気な様子で、何か手慰みのように、守善がイリヤの脇腹のあたりを撫でていた。案外、ツボを心得た指先の動きだ。喉元へ上がって、耳のつけ根を少し強めにかいてくれる。

こんなふうに優しくすべる手が心地よく、うれしいと思ってしまう自分が腹立たしい。

――と、ふいに守善が口を開いた。

「ちょっと聞いてもいいか？」

『何だ？』

イリヤは目を閉じたまま、何気なく返す。

「おまえ、兄上が……、一位様が撃たれた時も王宮にいたのか？」

いきなりの剣呑《けんのん》な話題に、イリヤはちょっと頭を動かして男の顔を見上げる。真剣な表情だった。

『いや。だが、狙われたことは聞いている』

そうルナは言っていた。

「狙われた…、か……」

守善がわずかに目をすがめた。毛をかきまわしていた指がふっと止まる。

「兄上は…、もしかすると俺を疑っているんじゃないのか？」

『千弦が？』

一瞬、意味を取り損ねた気がして、イリヤは思わず聞き返した。

「おまえは俺の道案内という名目で、俺を探るように言われているんじゃないのか？」

わずかに息をつめるようにして聞かれ、イリヤはため息とともに首をふった。

『勘ぐりすぎだ』

「本当に？」

『私が言われているのは、おまえを雪豹に会わせることだけだ。それとも、私の言うことは信じられないか？』

いくぶん強い調子で聞き返す。

「いや…。ただ一位様が俺の守護獣について、今さら心配するのもちょっと不思議な気がしただけだ。それにもし本当に狙われているのだとしたら、むしろ俺は一位様の側近くで警護に当たるべきだからな」

静かに言われて、なるほど…、と思う。守善の言うことはもっともだ。

「頭のいい方だ。守護獣のことでわざわざ俺をこんなところまで来させる意味があるとは思えない」

守善がいくぶん厳しい調子で続けた。

だが守善の疑惑は見当外れだった。

『千弦が心配しているのは、雪豹のことだ。おまえのことというよりはな。ルナに頼まれると、千弦も嫌とは言えないだろう』

「うむ…、まあ、それはあるだろうけどな……」

指摘してやると、いくぶん納得しきれないままに守善がうなる。

と、その時だった。

ドアがノックされ、失礼します、と初老の侍従が入ってくる。

「七位様。ご領主様が夕食をご一緒にと申しておりますが。ご子息方もお集まりになりますから」

「叔父上が？　……ああ、わかった」

守善がうなずいた。ものの、無意識のように長いため息をつく。いかにも気は重そうだ。

「よろしければ、守護獣もご一緒にと。もし、人に姿を変えられるようでしたら」

「それは……」

しかし淡々と続けられた口上に、守善は言い淀《よど》んだ。ちらっとイリヤを見下ろす。

『かまわんぞ？』

守善の膝の上で上体を持ち上げ、イリヤはさらりと答えた。

そしてそのまま身体を伸ばしてソファから下りながら、するりと人へと姿を変える。

「おいっ！　だから、おまえはっ」

守善があせったようにあちこち見まわし、荷物の中から服を引っぱり出して放り投げてきた。

侍従の方は無表情なまま、「それでは、またお迎えに上がります」と言いおいて、ドアを閉める。

「いいのか？　あまり楽しい食事にはならんと思うぞ？」

いちいち服を着るというのも面倒だな…、と思いつつ、着物を羽織っていたイリヤの背中から、守善が様子をうかがうように尋ねてくる。

「そうだろうな。だが、領主とも少し話してみたいし、子息とやらにも会っておきたいからな」

「……主の候補としてか？」

着物に袖を通しながらさらりとイリヤが口にすると、守善がうかがうように重ねて聞く。

「まあな」

それにイリヤは軽く返した。

実際のところ、ほとんど期待はしていなかったが、顔を見ておきたかったのは確かだ。

領主にせよ、その息子たちにせよ、あれだけの守護獣を抱えていられるほどの器なのか——と。

総炎の息子たちは、直系とは言えないにしても血は濃いわけで、守護獣を持つ可能性としては普通の人間よりずっと高い。

風呂に入り、着替えをして待っていると、とっぷりと夜も更けてから侍従が迎えに来た。

身分柄か、総炎という男は相変わらず尊大な雰囲気で、人の姿になったイリヤを見て、ほう…、と目を細めていた。

愛妾の人数にしても、守護獣の数にしても、もともと気が多い性格なのか、どこか好色な目で値踏みするみたいにイリヤを眺めてくる。

「これは思いの外《ほか》、美しいな……」

「普通の豹にしては、でしょう」

澄まして答えたイリヤに、真向かいの席にいた守善がわずかに咳《せ》きこんだ。笑いをこらえたのか、あせったのか。

ちらっと上がった視線がイリヤと絡んで、おもしろそうに瞬いたあと、ほどほどにな、と釘《くぎ》を刺すみたいに軽くにらんでくる。

総炎の息子たち――つまり守善の従兄弟《いとこ》たちも五人ほど同席していたが、どいつもこいつも、一言で言えば俗物という感じだった。

二人ほどに守護獣がいるらしく、何かにつけて守善に対して優位性を誇っていた。

「皮肉なものだな。現王の息子も持てぬ守護獣を我らが得ているというのは。我らの方が王家の血が濃いと言うことかな？」

長子の、正朝《まさとも》と紹介された男だろうか。守善より二つ三つ上に見える。

にやにやと笑って憎たらしく言う口調には、仮にも「皇子」という立場にある守善へのコンプレックスが見てとれた。

端で聞いていて、イリヤの方がイラッとするくらいで、少しは言い返せっ！　と守善をどやしつけたいところだったが、守善は相手にせず、受け流していた。

しかしイリヤは、こいつらの口を塞《ふさ》ぐためだけにでも、守善の守護獣になってやってもいい気になってくる。

身分で言えば、間違いなく守善の方が高いわけで、しかし守善自身は身分にこだわりがないのだろう。

そんなところも、連中にしてみれば余裕を見せつけられているようでカンに障るのかもしれない。

——こんなやつらの守護獣になりたがる者がいるのか……？

と、不思議な気がしたが、もちろん守護獣の性格もいろいろだ。

上昇志向の強い守護獣もいれば、残忍で容赦のないやり方で主の敵をたたく守護獣もいる。まあ、野心的で精力的な主は、確かにそれだけ生命力は強い。

「守護獣が多いのは、主を求めて彼らの方からここにやって来る結果にすぎん。つまり都の方では主になれる王族が少ないということではないのかな？　わしとしてはできるだけ、主のおらぬ守護獣を助けてやりたいと思っているのでな」

あらためて守護獣の多さについて口にしたイリヤに、いかにも傲慢《ごうまん》に、総炎は答えた。

「一位殿のペガサスはさすがに素晴《すば》らしいものだが…、しかしわしも数では負けんよ。めずらしい守護獣も多い。……おお、そうだ。あさっての宴の折りには披露するからな。守善、おまえも見てみるがいい」

めずらしければいいというものではないし、数が多ければいいというものでもない。

が、主を亡くした守護獣たちは、この男を頼ってきているということなのだろうか……？

確かに、力の強さは感じる。精神力も生命力も、並外れたものがあるようだ。自分の寿命を秤《はかり》にかければ、この男と契約したとしてもおかしくはないのかもしれないが。

守善の言っていた通り、楽しい食事ではなかった。料理自体はさすがに贅沢なものだったが、そういう意味では、先日の夏珂やレイリーと一緒にとった時の方が遥かに和やかで心地よかった。

何となく疲れて部屋にもどると、あっという間に眠気が襲ってくる。

「あー…、どうする？」

ぱふぱふと枕をたたくようにして、守善がなぜかそわそわと尋ねてきた。

「何がだ？」

しかし意味がわからず、イリヤはあくびをしながら聞き返した。

「ベッドが一つしかない」

「広さは十分だろう」

「まぁ…、おまえがかまわないんならいいけどな……」

ちょっと咳払いをして視線をそらした守善に、なんだ？と思いつつ、イリヤは伸びをしながらするりと邪魔な服を脱ぎ落とし、もとの豹の姿にもどると、ベッドに飛び上がった。

『心配するな。寝相は悪くない。寝ぼけて噛みついたりもしない』

シーツの中に潜りこみ、身体を伸ばしながらイリヤは言った。

「ああ…、そっちなのな……」

『なんだ？』

「いや、いい」

うめくように言った守善に、イリヤは寝落ちしそうになりながら聞き返したが、短く答えて守善はパタパタと手をふった。

翌日、目が覚めた時、目の前に少しばかり間の抜けた守善の寝顔があって、ちょっと驚いた。

目をパチパチさせてしまう。

しなやかな豹の身体をかかえこむように、というか、腕をまわすようにして寝ていた。

イリヤも無意識に頭を男の肩口にすり寄せて眠っていたらしく、妙に頬が熱くなる。

起きようかと思ったが、何となく眠ったふりをして、しばらくぐずぐずと布団の中にいるうちに、
旅の疲れもあったのか、二度寝してしまった。

再び目覚めると守善は起きていて、運ばれていた朝食を先に食べていた。

何となく妙な夢を見た気分で、イリヤももぞもぞと起き出すと食事をもらう。

「どうする？　城の中を見学させてもらうか？」

食べ終えたあと、守善がそんなふうに誘ってきて、イリヤとしてもちょうど守護獣たちの様子を見たかったところだった。

部屋を出て、腹ごなしのように二人で城をまわってみた。

天気もよく、広いテラスからは頂に雪を被った志奈祢山がきれいに見える。

中庭にはやはり守護獣たちが何匹か、じっとうずくまるみたいに身体を休めていた。ちらっとイリヤたちの姿を見て、しかしすぐにまた頭を伏せる。

『あのような男にこれだけ多くの守護獣がつくとは思えないがな…』

思わずつぶやくように言ったイリヤに、守善が考えるように答えた。

「まぁ…、それだけの能力はあるんだろう。武術にしても、政治的な手腕にしてもな。国境の守りも必要だろうし」

『だが特に今、隣国と争っているわけではあるまい？』

「そうだな。だが争いが始まってから準備していては遅いからな。……まあ、今の一位様が存命の間は、そう心配する必要もないとは思うが」

考えるように眉をよせ、顎を撫でながら、守善が言った。

それから庭をまわって、裏の演習場まで足を伸ばす。どうやら、守善は兵士たちの訓練風景を見たかったようだ。やはり軍人の端くれということだろうか。

しかしイリヤはそれには興味がなく、途中で守善と別れて、単独で城の中をうろついてみた。

おそらく使用人たちにも主人の新しい守護獣、というくらいにしか認識されていないのだろう。ことさら驚かれることもない。

とりあえず会話ができそうな相手と、直接話してみたかった。

守護獣たちは、おたがいに意思の疎通ができる場合と、できない場合がある。同族、あるいは近い種族ならばもちろんできるが、あまりにかけ離れているとちょっと難しい。それでも、気持ちを察するくらいのことはできる。

あれだけいれば、誰かとは話せそうだった。

足音を立てず、石の床を蹴《け》ってうろついていると、ふいに目の前を青い影がよぎった。

ブルーグレイの、長い毛並みが美しいネコだ。

見覚えがあった。昨日、応接室に来ていた守護獣だろう。

『おまえは……』

思わずつぶやいたイリヤの前でふっと足を止め、ネコがあたりの気配を探るみたいにピクピクと耳を動かしてから、ちらっとイリヤを見上げ、次の瞬間、サッ…と背を向けて走り出した。

ついて来い、と言っているようで、イリヤは黙ってそのあとを追う。

ネコならば種としても近く、問題なく話せそうだ。

と、ネコは中庭の見える回廊の、太い円柱の陰に身をよせた。

『どうしてここに来た？』

立ち止まってからふり返り、いくぶんうかがうように尋ねてくる。

主に、また新しい守護獣が増えることを警戒しているのだろうか？

そんなふうに考えながら、イリヤは答えた。

『通りがかりだ。明日の宴が終われば、あさってにはここを出るだろう』

『あさってか…。遅いな』

それにネコが顔をしかめる。そして息を殺すようにして、なかば脅すみたいな言葉をささやいた。

『忠告だ。おまえは主がいないようだが、今すぐあの男…、七位だったか？　皇子なのだろう。あの男と契約した方がいい』

『どういうことだ…？』

そんなことを言われるとは思わず、とまどってイリヤは聞き返す。

やはり…、これ以上、自分の主と新しい守護獣を契約させたくないということなのか。

『おまえのためだ。おまえの正体をすでに主は知っている』

『え……』

まっすぐにイリヤを見上げて言ったネコの言葉に、イリヤは思わず目を見張った。

『おまえがなぜ正体を隠しているのかは知らんが、これだけ守護獣がいるのだ。誰かは察する』

淡々と言われ、チッ…、と短くイリヤは舌を打った。

確かにそうだろう。このネコ以上に種族的に近い動物もいるのだ。総炎がよく連れている、あの獅子からしてそうだ。

最初に会った時から、何か探るような、嫌な目つきだった。

『主はめずらしい種がお好みだからな…』

ネコがつぶやいて、どこか皮肉めいた笑みを浮かべた。

その言葉に、イリヤはわずかに眉をよせる。

『だから総炎はおまえと契約したのか？』

このネコも、めずらしい色合いの美しい毛並みをしている。

だが本来、守護獣との契約はそういうところで結ぶべきものではない。おたがいの能力を引き出せる相手を選び、その力を国のために役立てなければならない。

『主が私に興味を持ったのはそれもあるのだろう。主は見目のよい、毛並みの変わった守護獣を側に置きたがる。もしくは……使い捨てだ』

『使い捨て……？』

吐き捨てるように言われたその言葉の殺伐《さつばつ》とした冷たさに、知らず背筋が寒くなる。

『どういうことだ……？』

まともに愛情をかけてもらえなければ、そのままでも命を削るだけだが、……いったい何に使われて……捨てる、というのは……？

正直、怖すぎてあまり考えたくない。

『これ以上は、私には言えん…』

かすれた声で尋ねたイリヤに、ネコは苦しげな顔でうめいた。

口止めされている、ということだろう。主から命令されれば、守護獣は何も言えない。

『ここにいる守護獣は……みんなそうなのか？』

『大半の守護獣はな。ガレス…、あの獅子だ、あいつのように主に心酔している者も中にはいるが。同じ野心を持っていれば、主には可愛がられる』

『野心……？』

意味がわからずつぶやいたイリヤにかまわず、ネコが言った。

『だからおまえも気をつけることだ。早く正式な主を持て。……もっとも主がいてさえ、気に入った守護獣がいれば奪いかねないが』

『ではなぜ、おまえは契約を結んだのだっ？』

信じられない話に、思わず声を上げてイリヤは聞いていた。

そもそもなぜ、そんな男と。

『仕方がなかったのさ…。生きるためにはな』

それにネコが小さく首をふって頭を落とした時だった。

「おやおや…、こんなところでネコたちが内緒話か？」

するといきなり野太い声が頭上から響き、ハッとイリヤはふり返る。

すると目の前に、遠乗り帰りなのか、あるいは演習か何かの視察帰りなのか、きっちりとした軍服に、肩からマントを羽織った堂々たる姿で総炎が立っていた。ただでさえ大柄な男で、それだけでも威圧感がある。

背後にはガレスとネコが呼んでいた、例の獅子が控え、どこか酷薄な笑みを浮かべて同類になる二匹を眺めてきた。

「悪い子だな…。この子はまたつまらない話をしているのかな？」

手にしていた乗馬用の短い鞭《むち》を軽く振る。ビュッ！　と空を切る鋭い音に、ネコが小さく跳び上がった。

『な…何も、別に……』

視線も上げられないまま、ネコが小さく言い訳する。

「もともとネコは気ままな生き物だからな。そこがおもしろくもあるのだが…、しかし主の手を噛むような守護獣には、躾を厳しくする必要があるようだ」

ねっとりとした口調でそう言ったかと思うと、総炎が手にした鞭を大きく振りかぶる。

『何をするつもりだっ！』

とっさにイリヤは、身をすくめたネコと男の間に身体を割りこませた。

きつく男をにらみつける。

うなるように振り下ろされた鞭が、危うく、耳の先で止まった。

いくぶん険しくイリヤを見下ろしてから、ふっとその唇が残忍に笑う。

鞭の先で、そのままつっ…、とイリヤの身体を撫でてきた。

ゾッとして、イリヤは反射的にそれを振り払う。

「おまえも主がおらぬではずいぶん淋しい思いをしているのではないか…？　なんなら、わしがおまえの主となってやってもよいぞ。守善などではもの足りぬだろう？」

『これだけ多くの守護獣を抱えて、まだ不服か？』

にらみつけるようにして、イリヤは吐き出した。

「わしにはそれだけの力がある。守護獣は多いほどよい。わしもまだ豹は持っておらぬし、おまえは美しい。力もある。わしはもともと攻撃系の守護獣とは相性がよいのだ。このガレスもそうだし…、おまえもきっと楽しめるだろう。可愛がってやるぞ？」

鞭の先を何度も左手に打ちつけながら、にやりと男が笑った。

『その気はない』

それをにらみ上げて、きっぱりとイリヤは断る。

男はおどけたように肩をすくめてみせた。

「気は変わるものだ。その気になったら、いつでも言ってまいれ」

楽しげにそう言うと、総炎は肩を揺らして笑いながら去っていった。イリヤとネコとを一瞥《いちべつ》して、そのあとをのっそりとガレスがついていく。

自分の守護獣に手を上げる主がいるなどと、とても信じられない思いで、なかば呆然《ぼうぜん》とイリヤはその後ろ姿を見送っていた。毛が逆立ちそうだった。

ただごとではない。

もっとくわしい話を聞こうとふり返ると、すでにネコは逃げ去ったあとだった。

イリヤはそっとため息をつく。

他の動物たちにもくわしい話を聞きたかったが、あの様子ではとてもまともにしゃべれないだろう。口止めもされているはずだ。

あのネコのように、他の守護獣たちもみんな仕方なく契約を結んだのだろうか？　生きるために。

他に主にするような人間が見つけられなかったのか……。

だがそれは、運がいい、悪い、というだけで片づけてはいけないことだ。

イリヤはのっそりと歩き出しながら、動物たちの影がじっとわだかまっている中庭を眺めた。

やはりどの動物たちも、幸せそうには見えない。精気もない。……つまり命が弱っている、ということだが、総炎はそれでもかまわないと思っているのだろうか？

使い捨て、という言葉が耳によみがえって、ゾッとした。

どうせ使い捨てるのだから…、つまり見殺しにするのだから、少々弱っていても問題はないと思っているのか。いったい、何のためにそんなことを……。

キリキリと胸が痛んだ。

そんなのはダメだ。あってはいけないことだった。

守善ならば…、きっとなんとかしてくれる。あの男なら。

そんな気がした。

キッと唇を引き結び、イリヤは急いで部屋へともどった。

しかし守善はまだもどってきておらず、イライラしながら待っていると、夕方近くなってようやく、疲れた様子で帰ってきた。

何か難しい顔で考えこんでいる。

『守善！』

しかしかまわず、ドアが開いたとたん、イリヤは男に飛びついた。

「うお…っ！　——ああ…、イリヤか……。びっくりした」

イリヤがいたことにも気づいていなかったのか、守善があせったように声を上げる。わずかによろけつつ、なんとかイリヤの身体を受け止めていた。

「どうした？　腹でも減ったのか？」

『そんなことではないっ！』

あまりに脳天気な言葉に、頭がクラクラしながらイリヤはわめいた。

『ここの守護獣たちは使い捨てにされるのだ！　ここの主との契約はまともではないっ！』

「使い捨てって……」

声を張り上げて一気にまくし立てたイリヤに、さすがに驚いたように守善が目を見張った。

「どういうことだ？」

『だから、総炎は守護獣たちの弱みにつけこんで契約しているのだ。その契約は守護獣たちの本意ではない。ろくに可愛がられてもいない。このままだと…、守護獣たちは命を削るだけだっ！』

とりあえずソファに腰を落ち着け、泣きそうになりながら必死に訴えたイリヤをなだめるみたいにして守善が聞いてくる。

「その、使い捨てというのはどういう意味だ？」

『そ、それは…、よくわからないが……』

あらためて聞かれて、イリヤはもどかしく言い淀む。イリヤ自身、はっきりと意味を聞けなかったのだ。

ただ、ここの守護獣たちが不幸だということだけははっきりとしている。

『早く…、どうにかしてくれっ』

守善の腕に爪《つめ》を立てるみたいにして、もどかしくイリヤは男の身体を揺さぶった。

それに守善が難しく顔をしかめ、低くうなった。

「だが守護獣との契約は、主と守護獣との間のことだ。外から口を出せることではない。……おまえもわかっているだろう？」

『それは……』

もちろん、わかっていた。だが——。

『ではこのまま黙って守護獣たちを衰弱死させろと言うのかっ！』

八つ当たりみたいに、イリヤは守善に叫んでいた。

「守護獣から契約を切れない以上、叔父上の方から切ってもらうしかない」

静かに言われ、イリヤは息をつめる。

そう。そうなのだ。だが、総炎がそれに応じるとも思えない。

だから守善になんとかしてもらいたいのだ。

ふう…、と守善が頭をかきながら、大きなため息をついた。

「都へ帰ったら父上や兄上に話してみよう。父や兄の言葉なら、叔父上も考えてくれるかもしれん」

『そんな…、そんなに待てないっ。おまえがなんとかできないのかっ!?』

やはり他人事《ひとごと》なのか、その悠長なもの言いに失望感に襲われながら、イリヤは守善の胸をバリバリと爪で引っかく。

冷静に考えれば、どれだけ自分が無理を言っているのかわかったはずだが、この時はそこまで考えられなかった。

「俺からも叔父には話をしてみる。だが俺が言っても、しょせん守護獣を持てぬ男が僻んでいると思われるだけだろう。少しタイミングを待ってくれ」

『僻んでいるのかっ？』

いくぶん苦しげに言った守善に、イリヤはきつい目でつっかかった。

「いや。俺は特に守護獣が必要だとは思っていないからな」

あっさりと言われ、イリヤは一瞬、息を呑《の》んだ。

わかっていたことだが……それがなぜか、おそろしくショックだった。

『おまえは…、おまえはそれでいいかもしれないが…っ！』

イリヤは知らず小刻みに震えながら、声を荒げていた。

『守護獣はあのように扱われてよいものではないっ！　鞭で打たれるなど……』

「鞭？」

驚いたように聞き返してきた守善の声も耳に入っていなかった。

『王族ならば、おまえも守護獣への責任はあるはずだ！』

厳しく責め立てる。

「ああ。それはわかっている。だが、少し時間をくれ。今はちょっと…、他にも気になることがあってな……」

守善が歯切れ悪く言って、わずかに視線をそらせた。

だがそれが、イリヤには逃げているように思えた。

自分の責任から。面倒なことから。

体中から、ふっ…と力が抜けていくようだった。パタッ…、と守善から前足を離し、よろけるようにソファから下りる。

『見損なった…。やはりおまえは能なしだっ！』

どうしようもなく、鬱憤をぶちまけるようにしてわめくと、イリヤはそのまま部屋を飛び出していた――。

◇　　　◇

「あっ、おい…、イリヤ！」

守善は思わず声を上げてとっさに追いかけたが、どうあがいても人の身では豹の足には敵わない。

守善がドアを飛び出した時には、すでにイリヤの姿は廊下から消えていた。

あああああ……、とため息ともうなり声ともつかない声をもらし、仕方なく部屋にもどって、どかっとソファに腰を下ろした。

失敗した…、と頭を抱えてしまう。

イリヤにしてみれば、やはり当然の感情なのだろう。守善から見ても、ここの守護獣たちが幸せそうには見えなかったのだ。

ただイリヤに言ったように、守護獣との契約はその二人の間の、個人のものだ。他人が口を挟んでいいものではない。

しかし確かに、鞭だの、使い捨てだのと剣呑な言葉が出てくるようでは、ちょっと看過できない気がした。

――それにしても、どういうことだろう……？

イリヤの口走った言葉を頭の中で組み立ててみるが、実際に何が起こっているのかはよくわからない。イリヤ自身、わかっているようではなかった。

そして守善は守善で、いろいろと考えることもあったのだ。

今日の午後、守善は城の周辺をまわって、兵士たちの訓練風景を眺めていた。

剣や槍《やり》などの鍛錬はもちろん、ふんだんに大砲の玉や銃を使った実地の訓練も行われており、ずいぶんと大規模なものだった。しかも兵力も兵器も、数が多い。毎日交代でやっているとしても、いったい何個大隊があるのか⋯⋯、ゆうに一個師団を超える兵員がいそうだ。

それに加えて、実際に役に就いている市中警備やら、宮中警備やら、あるいは国境警備やらの兵士たちもいるわけだ。さらに近衛隊や、騎馬隊もある。

その訓練も、平時の態勢というよりも、むしろ臨戦態勢といった迫力と緊張感だった。

さすがに守善もとまどうほどで、これは国境沿いで隣国と戦になりそうな気配があるということだろうか？　と疑問に思う。

だがそれならそれで、都の方へ報告があるはずだった。

それとも、総炎の一存で対処しようと思っているのだろうか？　美ノ郷の国境線は、自分が責任を持って守る、という意志でもって。

あの叔父ならそういうこともありそうではあったが⋯⋯、しかしそれは正直、褒められたことではない。と、僭越《せんえつ》ながら、守善でも思う。

外交的な問題が絡むのであれば、まず国王に報告し、指示を仰ぐべきである。国全体の問題であり、いくら王弟とはいえ、一地方領主が独断で争っていいことではない。

あるいは、攻めこまれる恐れがあるということだろうか？　そんな気配が見えるのか。

まさか、独断でこちらから争いを起こそうというのではないだろうな…、とちょっと心配になった。

なにしろ総炎はかつて――守善が生まれるずっと前だ――兄、つまり、現国王である守善の父とは戦を起こすかどうかで意見が対立したこともあると聞いていた。

当時、国境沿いの鉱山をめぐって隣国との関係がこじれていたのだが、総炎は武力に任せて侵攻しようと強く主張した。しかし他の兄弟や、重臣たちの反対もあって、しぶしぶ引いたらしい。

地方の領国で、いつの間にかこれほどの規模になっている軍事力は、守善の目にはちょっと異様に映った。現在、都にある軍備と、ほとんど匹敵するほどなのだ。

それをどう解釈したらいいのか……。

そんなことで頭を悩ませていたところでもあり、イリヤの訴えを親身になって聞いてやれなかったのかもしれない。

しばらく待ってみたがイリヤが帰ってくる気配はなく、行き違いになるかも、とは思ったが、我慢できずに守善は探しに出た。

とはいえ、広大な城だ。薄暗くなる中、とてもではないが見つけ出せるものではなかった。仮に建物の中ではなく外へ出ていたとしたら、もうどうしようもない。

うろうろと当てもなく探していると、五、六匹のハツカネズミたちが隅の方をちょろちょろと走って守善に近づいてきた。

靴を引っかかれるのに気づいて、守善はしゃがみこむ。

「おまえたち…、イリヤがどこにいるか、知らないか？」

とりあえず話しかけてみるが、……あるいは言葉は通じているのかもしれないが、残念ながら会話が成り立たない。どうやら人間の姿にはなれないようだ。

しかしネズミたちは必死に小さく鳴き、守善に何かを訴えようとしているみたいにも見えた。

「どうした？　イリヤに何かあったのか？」

ふとそんな不安が胸をよぎり、なんとか言いたいことを受けとろうとさらに身を屈《かが》めた守善だったが、ハッと何か気配に気づいたみたいにネズミたちが一瞬、固まり、次の瞬間、逃げるみたいにあわてて物陰へと姿を消した。

なんだ…？　と思ったら、守善の後ろから男が一人、近づいていた。

総炎の三男、守善の従兄弟の一人だ。

「どうした、守善、こんなところで床に這《は》いつくばって？」

にやにやと、どこかからかうような口調だった。

「いや…。ああ、おまえ、どこかでイリヤを見かけなかったか？」

守善は何気ないように立ち上がり、パンパンと地面についていた手の埃《ほこり》を払うようにしながら、とりあえず尋ねてみる。

「いや？　逃げられたんじゃないのか？　おまえに愛想を尽かしたんだよ」

そう言って、高い声で笑い出す。

さすがにムッとしたが言い返す意味もなく、守善はそのまま行こうとした。

が、その背中に男が声をかけてくる。

「今、父上と兄上たちがサロンの方におられる。聞いてみたらどうだ？」

そんな言葉に少し迷ったが、他に聞きたいこともあり、守善は彼に案内されるまま、サロンへと向かった。

ゆったりとした一室で、総炎と息子たちが優雅に談笑しながら酒のグラスを傾けている。

「おくつろぎのところをお邪魔して申し訳ありません」

と、とりあえず非礼を詫《わ》びてから、守善はイリヤをどこかで見かけなかったか、彼らに尋ねてみた。

「あの豹がどうかしたのか？」

総炎が酒の入ったグラスを揺らしながら、おもしろそうに聞き返してくる。

「それが…、少しケンカをしまして。飛び出して行ったきり、帰って来ないんです」

「相変わらず、ろくに守護獣が扱えぬ男だな…」

答えた守善に、いかにもあきれたように総炎が首をふる。嘲《あざけ》るように、その脇で長子の正朝が低く笑った。

「先にここを出たのではないのか？　雪豹のところへ行く予定だったのだろう」

「そうでしょうか……」

確かにそれも、考えられないことではない——が。

守善は無意識に顎を撫でる。

「まぁ、見かけた者がいないか、聞いておいてやろう」

「お手数ですが、よろしくお願いいたします」

丁重に言って、守善は軽く頭を下げる。そして、思い出したように口を開いた。

「ああ…、それと叔父上、お聞きしたいと思っていたのですが」

「なんだ？」

機嫌がよさそうに薄く微笑んだまま、総炎が鷹揚に聞き返してくる。

「ずいぶんと兵の数が多いようですね。訓練もかなり実践的なもののように見受けましたが」

いかにもさりげない様子で、しかしことさら驚きと感嘆とを交えて守善は尋ねた。

「ああ、素晴らしい軍だろう？　訓練には時間をかけているのだ。実践的な訓練でなければ、訓練の意味はない」

誇らしげに、総炎の笑みが大きくなる。

「しかし、あれほどの軍備が必要なのですか？」

端的に質問した守善に、正朝が鼻で笑った。

「これだから都でしか暮らしたことのない皇子様は甘ちゃんなんだよな…。他国と国境を接している領国がどれだけ脅威を受けているか、ろくに知りもしない」

「しかし…、そのような報告は受けておりませんが？」

反論した守善に、総炎が鋭く返してきた。

「脅威というのは目に見えるものばかりではない。はっきりとした示威行為がなくとも、向こうが国境ぎわに兵を固めているのがわかれば、こちらもそれなりの備えをせねばならん。当然であろう？　わしにはこの国境線を守る責務があるのだからな」

そう言われると、反論のしようもなかった。まさしく――正論なのだ。

ただ実際に、隣国にそんな動きがあったとしたら、千弦の…、一位の耳に入らないはずはないと思うのだが。

「国境線は常に緊張状態にあるんだ。それをいちいち報告などして、おいそがしい一位様をわずらわせる必要はあるまい？」

正朝がさらに続けて言い放ち、守善はそっと息を吸いこんだ。

「なるほど…。では、叔父上にお任せしておけば、この地は安泰というわけですね」

愛想のよい笑みを浮かべてみせる。……もちろん、内心では納得したわけではない。

「その通りだ。おまえなどがよけいなことを考える必要はない」

傲慢に言い放った叔父に、失礼いたします、と礼をとってから、守善は退出した。

不安、というか、妙な胸騒ぎというのか。

気持ちが落ち着かなかった。

何かがおかしい気がする。

イリヤのことも、守護獣たちのことも、そしてあの軍備にしても。

もっと真剣に話を聞いてやるべきだった。もっとしっかりと、二人で話し合うべきだった。

ほとんど眠れないままにイリヤを待ちながら、守善は後悔していた。

しかし結局、この夜、イリヤは部屋に帰ってこなかった……。

◇

◇

薄暗い一室だった。

どのあたりになるのだろう？　城の一階の…、裏庭に面した一番端の塔がある建物だろうか。

高い位置に窓が一つだけあり、青白い月が浮かんでいるのが見えた。

イリヤは首輪をはめられ、さらに壁に埋め込まれた鉄の輪から鎖でつながれていた。

その重みと肌触りに、全身の毛が逆立つ。こらえようとしても、ガクガクと小刻みな震えが止まらない。

あれから——守善のもとを飛び出してから、イリヤは迷うように城の中をうろついていた。むちゃくちゃに走ったので、気がついた時には自分がどこにいるのかもわからなかった。

泣きたいくらい腹立たしくて、失望して、無力な自分が悔しくて。

もう、どうしたらいいのかわからなくなっていた。

どうにか……一刻も早く、どうにかしなければいけないと、気ばかりがあせる。

少し冷静になると、守善にも今すぐどうにかできる問題ではないと理解できるはずだったのに。

守善の言っていることは、間違ってはいない。

それでも、守善ならなんとかしてくれると思ってしまった。勝手に期待をかけた自分が情けなかった。

やはり自分でなんとかしなければならない。

あの守護獣たちを助けるためには…、総炎に契約を切ってもらうしかない。

あるいは、総炎を殺すか――だ。

だが主の命もなく人を殺せば……さすがに、イリヤもただではすまないだろう。処分、されるのだろうか？

ゾクッ…と肌が震えた。守善に追われることになるのだろうか。

イリヤは無意識に首をふった。

まず……そうだ、まず、総炎の狙いを知るべきだった。

さっき聞き出せなかった「使い捨て」の意味を。

これだけの守護獣を集めて、何をさせようというのだろう……？

しゃべってくれそうな守護獣を探すしかない。

そう決意して歩き出そうとした時だった。

いつの間にか、イリヤは自分が囲まれていることに気づいた。薄闇の中で、じわりと包囲を狭めてくるような圧力を感じる。

ふっと身体に緊張をまとわせ、あたりの気配を探る。

いくつも瞬く目の光は、何匹もの……守護獣たち、だろう。主の命を受けた。

重苦しく、やりきれないような思いが押し包んでくる。決して彼ら自身、望んでいない命令なのだ。

彼らの意図は明白だった。イリヤを捕らえるつもりだろう。

しかしイリヤは、彼らと争いたくはない。

じりっ…とあとずさって、逃げ場を探す。しかしその背後に別の気配を感じて、ハッと振り返った。

すると目の前にのっそりと、獅子——ガレスが姿を見せる。

ふっ…、と冷酷に笑ってみせた。そしてその後ろには、総炎の長子だっただろうか、正朝という男が、やはり同じような笑みを浮かべてイリヤを見下ろしていた。

まずい…、と背筋に冷たいものが走った。

ただならない状況だと悟ったが、すでに遅い。反射的に逃げようと、がむしゃらに走り出したイリヤだったが、あっという間にガレスに追いつかれ、背中から地面に押さえこまれていた。

そして、この場所に引きずられてきたのである。

逃げられないようにだろうが、こんな首輪や鎖など……守護獣にとっては屈辱でしかない。

そもそも人を守るための守護獣が、人にこんな目に遭わされるなど想像してもいなかった。しかも、仮にも王族に、だ。

『どうするつもりだっ⁉　何のつもりでこのようなことをするっ⁉』

必死に叫んだイリヤだったが、正朝も、ガレスもせせら笑うだけだった。

そうするうちに、総炎が姿を見せた。

「ほう…、よい眺めだな。鎖につながれた美しい獣というのも、また趣がある」

いくつも灯《とも》された燭台の明かりの中、イリヤを眺めて男がにやりと顎を撫でた。

『守護獣を鎖につなぐなど…、許されると思っているのかっ⁉』

総炎をにらみ上げ、怒りに震える声でイリヤは叫ぶ。

それに男は涼しい顔で答えた。

「なに、心配することはない。おまえが私と契約を交わすまでの、ほんのわずかな間だけだ」

『な……』

あたりまえのように言われて、イリヤは一瞬、声を失う。しかし次の瞬間、吐き出した。

『誰がきさまなどと契約を交わすものかっ！』

「さて、いつまでそんなに強がっていられるかな？」

総炎が余裕を見せるように喉の奥で笑い、壁に掛けてあった鞭を一本、吟味するように眺めてから手にとった。

「何日もつながれたまま水も食料も与えられぬとなると、飢え死にするしかない。その前に素直に契約した方が利口だと思うぞ？」

ピシャリ…、と手のひらに鞭を打ちつけてから、総炎がしなるその先でゆっくりとイリヤの顎を持ち上げる。

肌が震えるほど冷たい感触に、ようやくイリヤは気づいた。

この殺風景な部屋は……部屋というより、冷たい石壁で囲まれた牢なのだ。

小さなテーブルとソファはあるが、他は何もない。代わりに、壁にはいくつも鎖をつないでおけるような鉄の輪がはまっており、鎖も垂れ下がっている。一方の壁には、長いものから短いもの、素材を変えたものや、先がいくつにも分かれたものと、何種類もの鞭が飾られ、その横の壁には設《しつら》えられた刀掛けにずらりと刀が並べられている。

他にも止まり木のようなものがいくつか、大きめの桶《おけ》や板のようなもの、さらにはトゲのついた胴輪や口輪が無造作に置かれているのがわかって、全身の血が凍りつくようだった。

まるで拷問部屋だ。

おそらく、今までたくさんの守護獣たちがここに閉じこめられたのだろう。

『おまえは……、このように捕らえて、他の守護獣たちも無理やり契約をさせたのかっ!?』

真っ青な顔で、震える声で問いただしたイリヤに、総炎は肩をすくめて、あっさりと言い放った。

「まあ、やり方はいろいろだな」

『死んでも…、きさまの守護獣にはならぬっ！』

喉が裂けるような勢いで、イリヤはきっぱりと言い切った。

「これはこれは……、調教しがいがあるということか」

総炎が肩を揺らして楽しげに笑った後ろから、ガレスがのっそりと近づいてきた。

鼻先をイリヤの喉元から背筋へと押しつけ、後ろにまわりこむ。

肌に触れる吐息と、残忍に光る目が気持ち悪く、イリヤは必死に避けようとするが、すぐに壁にぶつかってしまう。

じりじりと隅まで追いこんでから、ガレスが長いしっぽを大きく振り、のしかかるようにして腰を押しつけてくる。

『俺が一発ヤッてやれば、おとなしくなると思うぞ』

ヒッ…、と声にならない悲鳴が喉からこぼれた。全身に鳥肌が立つ。

イリヤは誰かと肌を合わせた経験はなかった。以前の主とはそんな関係ではなかったし、他の守護獣や動物ともない。

主の命令をきちんとこなせることが幸せで、満たされていた。……ずっと、以前は。

「これ…、そう急《せ》くな。本能が剝き出しだぞ」

なかば本気を感じさせる口調で言ったガレスに、総炎がからかうような笑い声を上げる。

いったんイリヤから身を離したガレスが正面にまわりこんでくると、じっとイリヤの目を見つめ、にやりと笑った。

『そろそろ本当の姿を見せてみろ。――雪豹よ！』

細いしっぽを揺らし、ガレスが吠える。

イリヤは思わず息を呑んだ。

やはり…、あのネコが言っていた通り、自分の正体は知られていたらしい。

そっと息を吐き出し、イリヤはゆっくりと身体の力を抜いた。

目を閉じて、身体の中の気をコントロールする。自分自身にかけていた「力」を脱ぎ捨てるようにして、ぶるっ…と一度、身震いした。

と、毛先からふわっと胞子《ほうし》が飛ぶように光がこぼれ、茶色だった毛が真っ白に変わっていく。黒い斑点がさらにくっきりと浮かび、開いた瞳は――輝くような銀青だった。

「これは……、素晴らしい……」

さすがに驚いたように、総炎が息を呑む。

すごい…、とその後ろで、正朝も大きく目を見開いていた。

「初めて見ましたよ…、こんな美しい豹は」

「雪豹か…。まったく、守善のような能なしには似合わぬ守護獣ではないか」

嘲るように言った総炎の言葉に、カッ…、と頭に血が上る。

『おまえたちのように薄汚い人間に比べれば、守善は遥かに優れた男だっ。人間的にも、剣の技量もなっ！』

「口が悪いな」

冷ややかにつぶやいたかと思うと、スッ…、と総炎の腕が動く。

『――っ…あぁぁ……っ！』

細くしなる鞭が空を切った、とわかった次の瞬間、焼けるような痛みが背中を襲い、イリヤは思わず身体をのけぞらせた。

「都からここまでともに旅をしてきて、おまえの正体にも気づけぬ男だ。しかもおまえといながら、雪豹と契約を結びに来たなどと…、どこまでマヌケなんだか。笑わせてくれるよ。まあ、わかっていたことだがな」

正朝があきれたように鼻を鳴らす。

だが総炎や正朝にしても、守護獣たちがいなければわからなかったはずだ。

守善をマヌケ呼ばわりすることなどできるはずはない。

わずかに肩を引いて壁に寄りかかりながら、イリヤは男たちをにらみ上げた。

イリヤが普通の豹のふりをしていたのは、千弦の計画だった。

千弦が守善に話した雪豹のことは、ほとんどそのままイリヤのことだ。主を持たずにこのまま衰弱するイリヤを心配して、昔馴染みのルナが千弦に相談を持ちかけ、では守善と会わせてみよう、という話になったらしい。

守善の意向はともかく、まずイリヤが気に入るかどうか、受け入れてもいいかどうかということが問題なので、ふだんイリヤが隠れ住んでいる志奈祢山へ帰りがてら、守善を試していた、ということになる。

普通の豹のふりで側にいることで、イリヤも守善の本当の姿が見られるだろう、と。

イリヤ自身は、正直乗り気ではなかったが、まあルナの顔を立てて茶番につきあってやるというくらいの気持ちだった。

だがこの数日ずっと一緒にいて、守善がどういう人間なのか、イリヤにもわかっている。

がさつで大雑把で脳天気で……でも、懐の大きな男だ。助けが必要な相手に、自然と手を差し伸べることができる。

自分の、何の利益にもならないことを普通に手伝っていた。

守護獣がいるわけではない。だが王族としての務めを、守善はきちんと果たしている。

多分、本人はさして自覚もないのだろうが。

『守善は…、きさまらのような魂の腐った男ではない……！』

まっすぐに顔を上げ、イリヤは鋭く言い放った。腹の中で熱い塊が膨れ上がるのがわかる。

総炎の表情がわずかに引きつった。

「またずいぶんと我の強い…。頭の悪い獣のようだな！」

言葉と同時に、うなるような音を立てて鞭が立て続けにたたきつけられた。

二度、三度とイリヤの背中が打たれ、全身に熱湯がかけられたような痛みが広がる。

たまらずガクリと足を折り、イリヤはよろけるようにして床へうずくまった。

自分の荒い呼吸が耳につく。意識がふっと遠くなりそうになった。

「父上、そのへんで。明日にお披露目するのであれば、あまり傷をつけるのは」

「ああ…、そうだな」

少しあせったように正朝が声を上げ、総炎もようやく我に返ったように手を止めた。

明日というのは、この男の誕生日の宴か…、と身体が裂けるような痛みの中で、イリヤも思い出す。

そこで新しい守護獣として、自分をお披露目するつもりなのだろう。だが。

『死んでも……、おまえとの契約など交わさぬ……っ！』

必死に顔だけを上げて、イリヤは吐き捨てた。

守善に言ったことは本心だった。

こんな主を持つくらいなら、死んだ方がマシだった。

「死んでも、か……」

総炎の目が残忍に瞬く。口元が毒々しい笑みに歪んだ。

「いいだろう。では、殺してやろう。……おまえが私との契約にうなずくまで、おまえの目の前で、一匹ずつな」

楽しげに言われた言葉の意味がわからず、イリヤは思わず瞬きした。

『なに……？』

総炎が顎を振り、いったん外へ出た正朝が何か小さな箱のようなものを手に帰ってくる。

中に入っていたのは、ネズミだった。小さな白いハツカネズミが七、八匹ほど。

このくらい小さな守護獣だと、群れごとで一人の主と契約する。本当はもっと多いのかもしれない。

「出ろ」

正朝の守護獣だろうか。尊大に命じられ、ネズミたちがおずおずと箱から出て身を縮めるようにして小さくあたりを見まわしている。

それから正朝は、部屋の隅にあった何か仕掛けのようなものをイリヤの前に引っぱり出した。

底の部分は深い桶になっていて、そこにたっぷりと水を注ぐ。いや、暗くてよく見えなかったが、鼻をつく匂いは酒……葡萄酒《ぶどうしゅ》らしい。そこに滑り台のように斜めに小さな板を立て、その上についていた小さなカゴをいったん取り外す。カゴというより、金網でできた檻《おり》のような感じだ。

「そこに入れ」

その蓋《ふた》を開いて床へ置き、正朝がネズミたちに命じた。

イリヤは思わず息を呑んだ。

『何をする気だ…っ!?』

叫んだものの、先の展開が頭の中ではまざまざと予想できて、知らず悲鳴のようになっていた。

どうしようもなく、声が震える。

ネズミたちもひどく怯え、なかなか足を動かさなかった。

「さっさと入らないか！」

それでも主に恫喝《どうかつ》され、小さく鳴きながらカゴの中に入っていく。

全部入ってしまうと、再びそれを板の上に取り付け、下になった蓋の部分を無造作に開いた。

ネズミたちがいっせいに鳴き出す。

小さな爪で必死に金網にしがみついているが、手が離れればそのまま板をすべり落ちて葡萄酒の中に落ちてしまう。ハツカネズミはそれほど泳ぎが得意ではなかったはずだ。桶には蓋もついているようで、それを被せられたら間違いなく溺死《できし》する。しかも、中身は酒なのだ。すぐに動けなくなるだろう。

イリヤは瞬きもできずに、男のすることを見つめるしかなかった。

必死にしがみついているネズミたちを横目に、正朝はテーブルにおいてあった燭台《しょくだい》を手にとって、再びもどってくる。

小さな蠟燭《ろうそく》の明かりにまともに照らされ、さらに毛を焼くほどに炎を近づけられて、ネズミたちがバタバタと暴れだす。しかしそれで手が離れたら……終わりなのだ。

『やめろっ！』

たまらずイリヤは叫んでいた。

身体の痛みも忘れてとっさに飛び出そうとし、いっぱいに鎖が伸びたところで壁にぶつかったみたいに引きもどされる。

「さあ…、どうするかな？　イリヤ。おまえがこのまま契約を拒むならば、あのネズミたちは一匹ずつ火だるまになって落ちていくことになる」

楽しげに総炎が言う側から、正朝が炎をネズミたちの小さな手に押し当てるようにする。何匹かが半分、身体をずり落とし、甲高い悲鳴がさらに激しくなった。

「ああ、そうだ。この檻を熱してやってもいいですねえ…。熱くなって、そのうちつかまっていられなくなる」

思いついたように言って、正朝は炎を檻の片端へと近づけた。

イリヤはそれを見つめたまま、ゴクリと唾《つば》を飲んだ。

小さな金網の檻はあっという間に熱くなるだろう。実際、ネズミたちは引っかけていた足を離し、空中でバタバタともがき始める。

『わかった！』

ついに一匹が板をすべり落ち、桶の中へ吸いこまれるように沈んだ瞬間、イリヤは叫んでいた。

『わかったから、もうやめろっ！　早く……っ、早く助けてやってくれ…っ！』

泣きながら声を振り絞る。

にやりと笑って肩をすくめ、正朝がのんびりと燭台を置き直すと、片手で乱暴に板を水平にもどした。バタバタと桶の水面でもがいているネズミに手を伸ばして拾い上げ、無造作に床へ放り投げる。

ネズミはよろよろしながらも、なんとか動いていた。

イリヤは思わず長い息を吐く。そして顔を上げて、じっと総炎をにらむ。

『おまえと…、契約しよう。その代わり、おまえの他の守護獣たちを解放しろ。無理やりおまえが契約を結ばせた守護獣たちをすべてっ』

唇を嚙みしめて必死に言ったイリヤに、総炎が顎を撫でた。

「生意気に交換条件を出せる立場ではないが…、まあ、よかろう。そうだな…、小動物はすべて解放してやろう」

イリヤにしてみれば不足だったが、確かにイリヤは絶対的に不利な立場にある。

「では、契約を。わしがおまえの主だ。おまえはわしの守護獣となり、わしに忠誠を誓え」

満足げに口にすると、懐から出した小刀で人差し指の先を軽く切る。

赤い、濁った血が指先から滴った。

これを口にした瞬間から……この男の守護獣になる。この男のために命を賭けて働くことになる。どんな命令にも従い、決して逆らうことは許されない。

「血の誓約だ、イリヤ」

凍ったように動かないイリヤの口元に、総炎が指先を近づけてくる。

声もなく、涙が溢《あふ》れ出した。

――守善……。

ふっと、目の前にあの男の顔が浮かぶ。

あの男の守護獣になりたかった……。

初めて、素直にそう思う。それに気づく。

意地など張らずに、守護獣にしてもらえばよかった……。

胸の奥が握り潰されるみたいに苦しくなる。

震えながら舌を伸ばし、イリヤは総炎の血をなめとった。

瞬間、ぶわっ、と体中の血が一気に沸騰するような感覚があった。頭の…、耳の先からしっぽの先まで、何かが走り抜ける。

覚えのある感覚だ。

主の力を感じる。……それがこれほど重く、苦しかったことはなかったのに。

前足に、浮き出すようにして赤い輪がはまっていた。血印だ。主がいる、という。

「ふふふふ…、いい子だな、イリヤ。安心しろ。おまえのことは可愛がってやろう」

言いながら手のひらで全身が撫で上げられ、イリヤはただひたすら身体を硬くして、こみ上げてくる吐き気に耐えた。

『他の守護獣を……解放しろ』

それをなんとか飲み下し、そっと顔を上げて、震える声でイリヤは言った。

その言葉に、総炎がにやりと笑う。

「今すぐとは言っておらん」

『なんだとっ!?』

立ち上がりながらさらりと言われて、イリヤは思わず声を上げた。

「だが、そう遠い先ではない」

しかし楽しげに続けられた言葉に、総炎の真意を量りかねてイリヤはとまどった。うかがうように、じっと男を見る。

そんなイリヤを頭上から見下ろし、総炎が口元に笑みを浮かべた。

「約束は守る。解放してやるさ。……こいつらに火をつけて、都の王宮の中へ放ったあとにな」

一瞬、何を言われたのかわからなかった。

『な……』

信じられない言葉に絶句し、頭の中が真っ白になる。

——火をつけて……王宮に放つ……?

「ああ…、ネコたちもな。毛の長いものどもはよく燃えるだろう。走りまわって王宮はあっという間に火の海だ」

いったいどういうつもりなのか、何を言っているのか。混乱した思考では、まともに理解できなかった。

ただ、想像もしていなかったくらい――。

『外道がっ！』

「主に対する口の利き方ではないぞ、イリヤ」

わめいたイリヤの襟首が無造作につかまれ、顔を近づけて、ささやくように言われる。

「これからたっぷりと躾けてやる。わしと…、ガレスとでな」

くっくっ…、と喉で笑う。

「ガレスは見ての通り、精力的な雄だからな。以前、メスのトラに相手をさせた時には、危うく一晩でやり殺すところだった」

何気ないように言われた言葉に、ゾッ…と全身が震えた。

身体の相手も…、ということだろうか？

恐怖と絶望で頭の芯《しん》が濁ってくる。

「父上……」

と、総炎の背中に、おずおずと正朝が声をかけた。

「お願いです。この豹は私にいただけませんかっ？　私もそろそろ、攻撃系の守護獣を持ちたいのですよ。そうすればきっと、これまで以上に父上のお役にも立ちます…！」

うん？　と振り返った男に、正朝が顔を紅潮させて熱心に頼む。

しかし、総炎は首をふった。

「雪豹だぞ？　息子といえども簡単には譲れんな」

あっさりとはねつけられ、正朝が消沈して肩を落とした。

その背中をたたき、総炎が声をかける。

「案ずるな。おまえにはもっとふさわしい、勇猛な守護獣がこの先、いくらでも手に入るのだ。都へ上がればな」

――都へ上がれば……？

イリヤは混乱した頭で、その意味を必死に考える。

総炎は……いったい何をするつもりなのか。

そうですね、と気を取り直したように、正朝が大きくうなずいた。

「雪豹は、明日のわしの誕生日にはまことにふさわしい贈り物だからな。この時期に合わせて連れてくるとは、守善にしては気が利いているではないか」

そう言うと、愉快そうに大きく笑い出す。

「自分が連れているものの価値に気づかぬとは、あの男らしい無能ぶりだがな。それで雪豹と契約したいだなどと…、笑い話だ」

「本当に能なしなのですね。あれで皇子とは……」

正朝もあきれたように言って、せせら笑う。

「父親からして能なしだったからな。まったく、ろくな能力もないくせに長子というだけで王位についた男だ。その息子ならば、あのような出来損ないが生まれても仕方あるまい」

総炎が好き放題に言い捨てるのに、イリヤはきつく唇を噛んだ。

それにしても、いったい……総炎たちは何を企《たくら》んでいるのだろう?

湧き上がる不安とともに考えこんだイリヤの耳に、総炎の絞り出すような声が聞こえた。

「そもそも、兄が月王となったことが間違いだったのだ。間違いは正さねばな……」

◇　◇

翌日、昼前の比較的早い時間に、守善は固い表情で叔父のもとへ挨拶に出向いた。

総炎が朝食を終えたと聞いたあとだ。

ゆうべは床に入ってもほとんど眠れなかったので、もっと早い時間でもよかったのだが、さすがに叔父をたたき起こすわけにはいかない。

叔父の部屋には、長子の正朝も来ていた。そちらにも軽く挨拶をしてから、守善はいくぶん固い口調で切り出した。

「せっかくの宴を前に申し訳ありませんが、イリヤのことが気がかりですので、今から志奈祢山に向かおうと思います」

「雪豹のところか……」

それに、総炎がわずかに眉をよせる。そして、軽く咳払いをするようにして続けた。

「いや、そのことだがな、守善。実はゆうべ、雪豹の方からこちらに挨拶にまいったのだ」

叔父の口から出た思いもよらない言葉に、守善はまさしくあっけにとられた感じだった。

「どういうことですか……？」

「おまえにはすまぬと思ったのだがな。わしの誕生祝いに、息子たちが雪豹と交渉してきてくれたのだよ。その結果、雪豹はわしの守護獣となった」

「雪豹が……、叔父上の……？」

さすがに絶句してしまう。思ってもいなかったことだ。

「雪豹がわしを選んだのだ。おまえの鼻先からかすめとったようで気の毒だが、契約は守護獣の自由だ。わざわざおまえの許可をとるようなことでもないからな」

余裕と自信とをにじませた口調。

「あの雪豹に守善を選ぶ気などなかったでしょう。父上ならばこそですよ」

横で正朝が追従のような、あるいは守善に対する皮肉なのか、そんな言葉を口にする。

しかしそれも、守善の耳には入っていなかった。

あまりに急な展開ではあるし、正直、素直に納得はできない。ただでさえ多くの守護獣を抱えていて、その上に増やすことにも疑問はある。

だがそれ自体、守善がどうこう言えることではなかった。

雪豹がすべて納得して契約したのであれば。

「それは…、もちろんです。残念ですが、仕方がありません」

そっと息を吸いこむようにして、ようやく守善は口を開いた。

「叔父上には喜ばしいことですし…、めでたいこの日によいお話です。その…、では、雪豹は今、こちらの館にいるのですか？」

「ああ。今宵《こよい》の宴で披露しよう。おまえもせめて、顔なりと見ていくがよい」

にやりと笑って叔父が言った。

「では、雪豹はイリヤとは行き違ったということでしょうか？」

思わず身を乗り出すようにして、守善は尋ねていた。

ゆうべ来たということはイリヤとは会っていないのか……？　それとも、会ってから来たのか。

「さあな。本人に聞いてみよ」

「今、会えませんか？」

勢いこんで頼んだ守善に、素っ気なく叔父は答えた。

「今はダメだ。宴に備えて休んでおる。夜まで待て」

夜まで――は長い。

守善は知らず唇を噛んだ。

もし行き違っていたのなら、イリヤは今、どこにいるのか……。

何か得体の知れない不安が大きく広がってくる。無意識に片手が胸のあたりの服をぎゅっとつかんでいた。

しかし、ここで叔父に食い下がっても無駄だろう。

「今宵の宴を楽しみにしておれ」

どこかとぼけたような叔父の言葉が、ひどく胸をざわつかせた。正朝のにやにやと意味ありげな表情も気に食わない。

叔父の前を辞し、守善はとりあえず部屋にもどった。

すぐにでもここを出るつもりだったのが、気が抜けて、パタッ…とベッドに身体を伸ばす。

雪豹が、叔父の守護獣に……か。

イリヤが言っていた雪豹のイメージからすると、叔父を選んだというのも正直、ちょっと引っかかる。が、それは守善が言っても仕方がない。雪豹に、何か叔父と共感できる部分があった、ということなのだ。

思いきり出遅れた、しかもうまく足止めされている間にかすめ取られたわけで、さすがにふがいない気もする。

兄の期待には応えられなかったわけだが、……だったら、イリヤに守護獣になってもらえないかな、とふっとそんな考えが頭をよぎってしまった。

あー…、と思わずうめき声がもれる。ヤバイ、と思った。

あれだけ釘を刺されているのに。

雪豹がダメだったから代わりに、などと言うと、イリヤにはぶっ飛ばされるだろう。きっとヘソを曲げるし、絶対にうんとは言わない。

そんな目を吊《つ》り上げて怒っている姿が目に見えるだけに、ちょっと笑ってしまった。

多分、よかったのだ。

そんなふうに思う。

イリヤを前にして、雪豹に自分は申し込めただろうか？

多分、とまどったのではないかと思う。

雪豹も素晴らしい守護獣なのだろう。稀少《きしょう》で、力も強い。だが、一緒にいて楽しいと思えるのは、ずっと一緒にいたいと思えるのは……別の豹だった。

もっとも、イリヤの方で自分を認めていないのならどうしようもない。

守護獣としてでなくてもよかった。

もう少し一緒にいて、自分を見てもらいたかった。

そしてイリヤにどうしても主が必要になった時、思い出してもらえれば。まぁこの男でもいいか、くらいの存在になれていれば、守善としてはありがたいのだが。

あの美しい豹を側におくのに、自分がふさわしい男になれていれば――。

とにかく、イリヤを探し出さなければならなかった。

雪豹と入れ替わりに、山の中で暮らすことにしたのだろうか?

ここの守護獣をどうにかしてくれっ、と必死に訴えていた様子からすると、放り出してそのままということはなさそうだったが。そう、あるいは、千弦たちに訴えるために都へ帰ったということもあり得る。

まずは雪豹に会って、イリヤについて聞くことが先決だった。

居場所を知っていればそこへ行けばいいし、知らなければ……探し出すしかない。

じっとしていられず、とりあえず城の周辺や裏の森あたりをまわってみようと、守善は力をこめてベッドから立ち上がった。


結局、何の成果もないままに夕闇が迫り、守善は部屋へともどってきた。

宴に出るなら、それなりの支度をしなければならない。

雪豹と話せれば、何かわかるかもしれない。そんな思いで気がはやる。

ちらっと窓から外を眺めると、ひっきりなしに馬車が到着しているのが遠くに見えた。近隣の地方領主や貴族たちだろう。すでに華やかな音楽は奏でられており、かなり盛大な宴のようだ。

適当な時間に広間に赴くと、高らかと戸口で到着の報が叫ばれ、ひとしきり挨拶攻勢にさらされた。腐っても王族であり、現役の皇子である。地方の貴族たちからすれば、めったにお目にかかれない賓客なのだろう。

ここぞとばかり連れていた年頃の娘たちにも引き合わされたが、内心では、貧乏くじだがな…、と苦笑していた。

礼式の軍服をまとった者も多く、どうやら日頃の労をねぎらって、ということなのか。

やたらと宝石で飾り立てられた守護獣たちが、時折ゆっくりと広間を練り歩き、あるいは頭上を滑空して、その都度、客たちが歓声を上げる。

まるで見世物のようで、守善は思わず顔をしかめた。

守護獣というのは、本来こんなふうに使われるものではない。

「そういえば、七位様の守護獣はどちらですか？」

と、知ってか知らずか——いや、明らかにわかっていて、なのだろう。小ずるそうな目の色だ——尋ねてくる者もいた。

「必要ないんですよ。私はこちらの方に自信がありますからね」

腰の刀に軽く手をかけて、にやりと笑って不敵に返すと、男は困ったように押し黙って、ちらっと後ろを振り返った。

従兄弟の一人がムッとしたようにこちらをにらんでいて、どうやらその男が言わせたらしい。

まもなく主役である叔父が登場し、万雷の拍手で迎えられた。

守善も思わず身を乗り出したが、総炎が連れているのは例の獅子だけだ。

どうやら雪豹の紹介は宴のクライマックスで、ということらしい。もったいぶったものだ。

短い挨拶のあと、盛大に乾杯が行われ、客たちが次々と押しかけるようにして祝辞を述べる。

仮にも身内だ。守善も礼儀上、叔父のもとへ挨拶に出向いた。

考えてみれば贈り物などの準備もなく、いくぶん肩身の狭い思いもあったが、叔父はいつになく上機嫌だった。

「いや、守善、おまえがあらためて何か用意する必要などないのだ。おまえはすでに十分、この宴を盛り上げるために働いてくれたのだからな」

非礼を詫びた守善に、叔父はゆったりと微笑んでいた。

正直、意味がわからなかったが、嫌みを言われるよりマシだ。

守善としてはその他に用はなく、じりじりと雪豹が現れるのだけを待っていた。

そして二時間ほどもたって、少しばかり宴もだらけてきた頃、ひときわ大きなファンファーレが鳴り響いて客たちの注意を惹いた。

広間の隅、カーテンの陰のカウチでなかば隠れるように身体を休めていた守善は、それにハッと顔を上げる。ようやく、のようだ。

ざわざわと客たちが総炎の方を注目する中、守善は人混みをかき分けるようにして前に進んだ。

「おお…、守善。おまえは会いたがっていたな」

それを見つけて、総炎がにこやかに声をかけてくる。

「では？」

「雪豹のお披露目だ」

確認した守善に、総炎がうなずく。

「皆様！　父上の誕生を祝うこの良き日に、神より素晴らしい贈り物がありました。どうかこの場でご披露させていただきたい！」

口上を述べる声は、正朝だ。

広間の片隅から、緩やかな螺旋《らせん》を描《えが》いて二階のテラスへと続く階段の上からだった。

「たぐいまれなる、美しい守護獣です！」

そんな紹介に、歓声と拍手とともに客たちの期待が高まる。

無数の視線が集まる中、テラスの奥でふわりと雪が舞ったようだった。

そしてテラスの端に現れたのは……真っ白なローブに包まれた、すらりと優美な姿。

抜けるような白い肌と、月の光を集めたような銀色の髪。神秘的な銀青の瞳。

客たちが息を呑み、おお…、と感嘆の声がこぼれる。

しかしその瞬間、守善は息が止まった。

――イリヤ……!?

髪の色は違う。目の色も。

だが、間違いなくイリヤだった。

硬い青ざめた美貌がわずかに動き、揺れるような眼差しが階下を漂う。

そして守善と目が合った瞬間、ハッと大きく見開き、次の瞬間、苦しげに顔を伏せた。

「イリヤ！」

思わず声を上げ、そちらへ走り出そうとした守善の腕が、総炎の側にいた従兄弟の一人につかまれ、引きもどされる。

「七位殿。他人の守護獣だ。何をされるつもりかな？」

薄く笑うように言われ、守善は反射的に振り返って叔父をにらんだ。

「叔父上…！　どういうことですか、これは……!?」

「イリヤが雪豹だと、それだけ長く一緒にいて気づかぬおまえが愚かなのだよ、守善」

それに総炎は、せせら笑うように言い放つ。

守善は震える拳を握りしめたまま、立ち尽くしていた。

正直、混乱していた。何がなんだか、まったくわからない。

イリヤが、雪豹だった……？

それはなんとか理解できる。おそらく、千弦やルナあたりが画策したことなのだろう。

そもそも雪豹を守護獣にしてこい、と命じたわけだから。普通の豹のふりをしてしばらく一緒にいて、相性をみてみろ、とでも言われたのだろう。

だがなぜ、イリヤ、おまえが叔父の守護獣に……？　自ら望んでとは、到底思えない。

「さあ、イリヤ、おまえの本当の姿を客人たちに見せてやるのだ！」

迎え入れるように腕を広げ、総炎が満足げな笑みを浮かべて高らかに命じた。

それに応えて、イリヤが軽く両腕を開き、泳ぐように優美な足どりで階段を下りる。

宙に浮かんでいるように身体が軽く、ふわっと白いローブが風になびいたかと思うと、スッ…とそこから抜け出したように真っ白な、美しい豹が姿を見せていた。

しなやかで、力強く、優美な姿だ。

一瞬、息をつめた客たちの口からため息がこぼれ、次の瞬間、感嘆の声が溢れ、大きな拍手に包まれる。

しかし守善はただ呆然と、その姿を見つめるしかなかった――。

◇

◇

宴はまだ続いているようだった。かすかな音楽の音だけが、遠く聞こえてくる。

イリヤは広間を一巡する形で歩いてから、すぐに別室にもどっていた。

あまり人目にさらさないくらいが、守護獣の貴重さを演出するにはいいようだった。それを持つ者のステイタスを高めるにも、だ。

人疲れしたのか、総炎と正朝も一緒だ。

守善の愕然《がくぜん》とした表情が、刺さるように目の中に残っている。

裏切ったようでつらかった。

そうではない——と。自分の意志ではない、と言いたかったが、今の、総炎の守護獣であるという自分の立場では、主から口止めされれば何も弁解することはできなかった。

イリヤは部屋の奥の、窓際のソファに悄然《しょうぜん》と腰を下ろしていたが、その間にも総炎は、呼びよせた客たちと何か打ち合わせをしているようだった。

軍人らしき男が何人か。さらに近隣の領主や、地方官吏らしい男が数人。

打ち合わせというより、密談——のような気配だ。

ヒソヒソと、いや、たとえイリヤに聞かれたとしても問題はないはずなのだ。イリヤは総炎の守護獣なのだから。

ことさら秘密めかしているわけではなく、無意識にそうなってしまうようだった。

それだけ重大な、人の耳を気にする内容らしい。

「……ええ、すでに都の城門付近には……」

「内部にも……おりますから」

「……にはやはり、注意しませんと。防衛能力が……」

「ええ、合図があり次第、すぐに全軍……」

そんな会話が途切れ途切れに聞こえてくるが、しかし今のイリヤには、あえてそれに聞き耳を立てようという気力もなかった。

「いつでも動けるように態勢を整えておけ。――その日は近いぞ」

重々しく言った総炎の声が聞こえたあと、集まっていた客たちは解散したらしい。

「いよいよですね…、父上」

正朝の興奮を抑えたような声が聞こえる。

「そうだ。時間はかかったがな…。雪豹の手に入ったこのタイミングが天啓かもしれん」

それに総炎が低く笑い、思い出したようにイリヤに近づいてきた。

その気配に顔を上げ、無言のまま厳しく見据えたイリヤに、朗らかに言う。

「見たか？　あの守善のマヌケ面を」

楽しげな笑い声に、腹の中が怒りで煮えくり返るようだった。

「なぜそんな顔をする？　おまえとて守善には何の期待もしていなかったからこそ、契約を結ばずにきたのであろう？」

鼻で笑うように、総炎が続ける。

そうではない。ただ……意地を張っていただけだ。

守善が、守護獣など必要としていなかったから。

「守善は……、守護獣の力などなくとも自分の道を切り開ける男だ。卑怯《ひきょう》なやり方で守護獣を集め、自分を強く見せようとするだけの男とは違う」

ことさら淡々と、静かに言ったイリヤの頬が、次の瞬間、思いきり張られた。

「おまえの主が誰か、まだわかっていないようだな！」

上体が飛ばされ、倒れかかったイリヤの髪が怒りにまかせてつかまれて、強引に顔が上向けられる。

唾がかかりそうな勢いで、総炎がわめいた。

それでもイリヤは目をそらさないまま、まっすぐに男をにらみつける。

「……まあ、いい。おまえはわしには逆らえん」

強情なイリヤに吐き捨てるように言うと、手荒に突き放し、鬱憤を晴らすかのようにグラスに入った葡萄酒をあおった。

「しかし父上…、守善のヤツを本当に引き入れるおつもりですか？」

正朝が不服そうに口を開く。

男の口から出た守善の名前に、イリヤは打たれた頬を押さえながらピクッと顔を上げた。

「あの剣の腕は使えるからな。結局、最後の局面でものを言うのは地力だ。一位には腕の立つ警護もついておろうしな…」

それに総炎が低く答える。

——一位……？

ふいに出た千弦の話題に、イリヤはちょっと混乱する。

「守善を釣るよい餌もできたことだ」

ちらっと総炎の目がイリヤをとらえ、イリヤはひどく胸がざわつくのを覚えた。

「しかし…、それで守善がこちらにつきますかね？」

「つかねば口を封じるしかあるまい。我らにつくか、ここで死ぬか、いずれかだ」

さらりと総炎が言った言葉に、イリヤは真っ青になった。指先が痺《しび》れたように動かなくなる。

——いったい…、総炎たちは何をしようとしているのか……。

まさか、と思う。想像できるようで、しかし考えるのが怖い。まさか、いくらなんでも……。

「さっさと息の根を止めた方がマシですよ、父上。あの腰抜けに、親や兄弟を裏切るような真似ができるとは思えませんっ」

「まことと、おまえは守善を嫌っておるな…」

勢いこんでいった息子に、いくぶんあきれたように総炎が低く笑った。

「気に食わないんですよ、あの男は」

舌打ちし、正朝が顔を歪める。

「手先として使うだけだ。おまえもいずれ国を治めるつもりなら、うまく手駒《てごま》を増やして使うやり方も覚えねばな」

「それは…、父上のおっしゃるとおりだと思いますが……」

不承不承、正朝が口の中でうなる。

「なに、邪魔になれば、その時に始末すればいい」

あっさりと総炎が言い放ったその時、部屋の扉がノックされ、「連れてきましたよ」と気軽な調子の声がかかった。

親子が同時にドアを見つめ、それから総炎が振り返ってイリヤに言った。

「おまえは黙っていろ、イリヤ。よけいなことをしゃべってはならぬ」

きっちりと命じられ、イリヤは唇を噛む。

扉が開き、入ってきたのは、総炎の息子の一人と——守善だった。

「こちらへどうぞ、七位殿」

慇懃無礼《いんぎんぶれい》な様子で、どうやら息子が案内してきたようだ。

部屋の中央で立っていた総炎を認めて、失礼します、といつになく硬い口調で口にすると、守善が中へと入ってくる。

——来てはダメだ……!

思わず叫びそうになったが、何かに引っかかるように声が出ない。

それでもわずかに腰が浮いた。

その瞬間、ふっと上がった守善の視線がイリヤをとらえる。

「イリヤ！」

叫ぶと同時に、まっすぐに突き進むように近づいてくる。

「おい、きさま…っ」

とっさに間で立ちはだかった正朝を乱暴に押しのけ、あっという間にイリヤの前に立った。

「おまえ…、どうして……？」

じっとイリヤを見つめ、ただ呆然とつぶやく。

が、ふいにハッとしたようにイリヤの腕をつかみ、強引に肩からローブを引き下ろした。

「この傷は……」

あっ…、とイリヤは反射的に片手で肩を覆《おお》うようにして隠す。

だが守善には、明らかに鞭の痕《あと》だとわかったのだろう。人間より治りは早いが、さすがにゆうべの傷はまだ癒《い》えていない。

「なぜこんな……、何をしたのですっ!?」

バッと総炎たち親子を振り返り、怒りに震える声で守善が叫んだ。

「守護獣の躾は主の務めだからな」

しかしそれに、総炎が薄笑みを浮かべたまま、さらりと答える。

「きさま……！」

「おい！　父上に何という口の利き方だっ！」

押し殺した声で吐き捨て、総炎に詰めよろうとした守善の身体を、とっさに前に出た正朝が突き放した。

「よい、正朝。……おまえにとやかく口を出す権利はあるまい、守善？　イリヤはわしの守護獣だ」

しかしゆったりと余裕を見せるように総炎は息子を止め、ことさら挑発するように守善に返した。

「どうしようとわしの自由だ」

にやりと、酷薄に笑う。

ぐっ、と守善が言葉につまった。

実際にその通りなのだ。

「未練があるようだな…」

拳を握りしめた守善に、総炎が低く喉を鳴らす。

「なんなら、イリヤをおまえの守護獣に譲ってやってもよいと思っている。おまえ次第だ」

そして何気ないように言った言葉に、守善が大きく目を見開いた。

「どういう意味だ……？」

うかがうように聞き返す。

「おまえがわしに力を貸してくれるということなら、その代わりにイリヤをおまえにやろう。わしとの契約は解除してな」

「叔父上の……、どのような力になれと？」

怪訝《けげん》な表情で、守善が重ねて聞く。

「おまえにとっても悪い話ではない」

そう前置きして、総炎がソファに腰を下ろす。

無言のままその姿をじっと目で追う守善を見返して、総炎が穏やかに言った。

「この月都をさらに強大に、さらに繁栄させる手助けだよ、守善。そのための、致し方ない方法だ。唯一のな。……現国王を討ち、わしが王位をとる」

淡々と静かな言葉に、さすがに一瞬、守善は声を失ったようだ。

やはり……総炎たちが企んでいるのは、反逆だ。

イリヤも同じく息を呑み、無意識にギュッと手を握りしめた。

国王である自分の兄を弑《しい》し、世継ぎである千弦を殺して。

「なに……？」

ようやく、守善の口からかすれた声が絞り出される。

「兄を王位に就けたことが、そもそもの間違いだったのだ。あのような腰抜けの男を。私が月王となっていれば、今頃この北方五都はすべて月都の下にあったはずだ」

「バカな……！」

酩酊《めいてい》したような口調で高らかに言った総炎に、守善が吐き捨てる。

「兄を討つことはたやすい。だが、一位はやっかいだ。あのペガサスがな」

かまわず、総炎は続けた。

「しかしわしが初めから王位についていれば、あのペガサスもわしについたはずなのだ…！」

――それは絶対にない……！

悔しげに吐き出した総炎に、イリヤは心の中で叫ぶ。

「時間はかかったがな…。必要な軍備は整えた。わしに賛同する諸公も数多くいる。今がその時なのだ、守善！」

「では…、先日兄上の命を狙ったのも、おまえなのか……？」

息を殺すようにして、守善が低く尋ねる。

「一位さえおらねば、あとはたいした問題ではない。隙を突いて片がつけばと思ったが…、さすがにそううまくはいかなかったようだな」

ふん、と総炎が鼻を鳴らす。

「守善。おまえもどちらについた方が賢いかよく考えろ。おまえの剣技は買っている。近衛隊小隊長のおまえならば、一位に近づく機会はいくらでもある。油断もあろう。おまえが見事に一位を討ち果たせば…、わしのもとで地位は保証してやる。月都の軍総帥の身分と名誉をな。おまえにふさわしい地位ではないか？　そしてイリヤを守護獣につければ、もう誰にも侮られるようなことはない」

上機嫌で、総炎は言葉を並べ立てる。

「どうだ、守善。おまえにとっても二度とはない、素晴らしい機会が目の前に来たのだぞ！」

わずかに身を乗り出し、満面に喜色を浮かべて総炎が誘った。

イリヤは思わず息をつめて、守善の横顔を見上げた。

守善が大きく息を吸いこんだのがわかる。

そして平静な声で、短く、一言で答えた。

「断る」

「なんだとっ？」

横で正朝が声を上げる。

「そのような妄想につきあうつもりはない」

「妄想だと…？」

まっすぐに総炎を見返し、淡々と、迷いのカケラもなくきっぱりと言った守善に、総炎がソファから腰を浮かせた。額に青筋を立て、唇を震わせながらうめく。

「父上は正しく、堅実に政務を執《と》られている。無駄に争い、戦乱をもたらすことに何の意味がある？　父上はおまえより遥かに、王にふさわしい人間だ」

ぴしゃりと言い切った守善に、総炎がぶるぶると唇を震わせた。

「利口になれぬ男よな…」

そして押し殺した息づかいだけの声がこぼれる。

「だから言ったのです！　殺すしかないのですよっ！」

叫ぶが早いか、正朝が腰の刀を抜き、上段から一気に斬《き》りかかった。

「キァァァ……！」

憎しみのこもった気合いが迸り、イリヤは身体が強《こわ》ばるのを感じる。動けない。

しかし守善は冷静に、その動きを見切っていた。

わずかに身を引き、低く屈むと同時にするりと水平に刀を抜く。測ったようにギリギリで正朝をかわした瞬間、その切っ先が男の右腕をとらえる。

「くぁ……っ！」

雄叫びは次の瞬間、悲鳴に変わり、パッと花が開くような血飛沫が散った。

ざっくりと正朝の手首のあたりが斬られ、その手から刀がすべり落ちる。

「く…っ、愚か者がっ！」

その罵倒が息子になのか、あるいは守善になのか。吐き出すと同時に、総炎はその大柄な体格には似合わぬ俊敏さで落ちた刀を拾い上げた。

その勢いのまま、腰の位置で刀を構え、突進するように守善に向かってくる。

「く…っ！」

とっさにそれをよけた守善は、素早く身を翻《ひるがえ》す。

が、総炎もその動きは予測していたらしく、守善を壁際に追いつめる形で、すかさず右上から刀を振り下ろした。鋭く、すさまじい勢いで風がうなる。

「つぁ…っ！」

しかし守善も、それをがっちりと受け止めた。

鍔がかち合うほどにおたがいに押し比べ、刃先が嚙み合ってギリッ…と音を立てる。

どうやら総炎は息子以上によく剣を使うようだ。腹黒く、策略を弄《ろう》する男だが、武人としても優秀らしい。体格にも恵まれている。

「だ…、誰か！　早く、誰か来てくれっ！」

部屋の隅にいたもう一人の息子が、顔を引きつらせて部屋を飛び出した。

こちらは痛みに床でのたうっている長男以上に腰抜けのようだ。自分で加勢することもしない。

それにしても、あのガレスという獅子がいなくてよかった、とイリヤは心の底から安堵《あんど》の息をついた。広間にいるのか、野生の性欲を処理しているのか。

総炎の腕で、あの獅子の補佐があれば……守善はひとたまりもなかっただろう。

おたがいに突き放し、いったん間合いをとって、気迫がぶつかり合うすさまじい攻防になる。

が、やはり年のせいか、現役の強みなのか、じりじりと守善が押すようになっていた。

「くそ…っ、このガキが……！」

額に汗をにじませ、総炎が荒々しい声を上げる。

「このまま…、見過ごすことはできませんよ、叔父上…！」

正眼に構え、まっすぐに総炎をにらんで、守善が一歩、足を進める。

じりっ…と総炎が後ろに下がった。追いこまれているのがわかるのか、顔が引きつっている。

「ハァ――ッ！」

守善が一気に間合いを詰めた。

「むぅ…っ」

よろめきながらもなんとか総炎がそれを受け止める。

勝敗は見えていた。

だがその瞬間、ふっと無意識のうちにイリヤの身体が動く。

一歩、二歩と踏み出した足が豹のものに変わり、三歩目で大きく跳躍して、一気に守善の背中に襲いかかっていた。

「イリヤ……！」

叫んだのがどちらだったのか。

がっしりとした肩に鋭い爪をかけ、思いきり浅黒い肌を引き裂く。

服が破れ、鮮血が流れ落ちるのを目にして、ようやくイリヤは自分のしたことに気づいた。

本能だ。主を――救うための。

「――つぁ…っ！」

イリヤに向けていた背中は、まったくの無防備だった。

守善の身体が目の前で崩れ落ちる。一瞬、目を見張った総炎だったが、すさまじい気合いとともに刀を振り下ろす。

「死ね…っ！」

「く…っ！」

守善が片腕だけでなんとかそれを防ぎ、力任せに振り払うと、その勢いも借りて床を転がる。とっさに間合いをとった。

そして荒い息をつきながらなんとか身体を引き起こし、信じられないような顔でイリヤを見つめる。

「イリヤ……」

その表情に、胸の奥が切り裂かれるようだった。

違う。違う――！

守善を傷つけたいわけではない。そんなことはしたくないのに。

「殺せ、イリヤ！　そいつの息の根を止めろっ！」

ようやくイリヤの存在を思い出したように、総炎が刀の切っ先で守善を指し、わめき散らした。

『あ……』

それは、はっきりとした命令だった。

イリヤは身を屈め、攻撃の体勢をとって守善に向き直る。

ダメだ、と思う。身体の中で何かがぐるぐると渦を立てているようだった。

仕方がない、と思ったのか、わずかに眉をよせた守善が向き合うように刀を構えた――次の瞬間、後ろの窓へ飛んでいた。

ガラスの砕ける激しい音が耳を打った。

「クソッ！　追えっ！」

怒号が背中に響いた。

二階の窓だ。イリヤもとっさに近づいて、下をのぞきこむ。

闇に包まれてはっきりとはしなかったが、月明かりにガラスの破片が照り返すだけで、人の姿はないようだった。

――頑丈だな……。

と、ちょっと笑ってしまう。

庭伝いに逃げたらしい。

「さっさと追わないかっ！　見つけて、すぐに始末しろ！」

荒い足音とともに、激昂《げっこう》した総炎の声が近づいてくる。

イリヤは用心深く破片を避けて窓枠へ移り、一気に地面へと飛び降りた。

気配をたどり、匂いを探すようにして、守善のあとを追う。

しかし足は重かった。

探したくない。見つけたくはない。

頭上から飛んでくる主の声が耳に突き刺さる。

「——殺せ！」

早く……逃げろ……！

心の中で叫びながら、イリヤは庭の草むらをくぐって追っていく。

それでも明らかな血の匂いに、イリヤは唇を噛んだ。

これをたどらなければならない。

そして城壁近くの奥まった場所で、ふっとその匂いが途絶えた。

——これを越えたか……？

スッ…、とイリヤは顔を上げて、そそり立つような高い壁を見上げる。

しかしさすがに、鳥でもなければ軽々とは越えられそうにない。しかも今の守善は、手傷を負っている。

——どうやって……？

と思った瞬間だった。

いきなり黒い影が側の木の上から落ちてきたかと思うと、そのままイリヤの背中は押し潰され、地面に転がるようにして絡まり合った。

『なっ…？』

何が起こったのか、一瞬、わからなかった。

しかしようやく止まった身体の上には……守善がのしかかっていた。

しっかりと両手で前足を固定され、危険な爪を押さえこまれた状態で。

「どうした…？　おまえ、弱ってるんじゃないのか？」

上から顔をのぞきこまれ、守善が密やかに笑った。

こんな時なのに。大ケガを負わされたばかりなのに。

「俺に簡単に押さえこまれるようではな……」

強がるように言いながらも、時折、顔が引きつるのは、やはり肩の傷が痛むのだろう。

血の匂いはまだ強い。

『守…善……』

震える声で、イリヤは名前を呼んだ。

『おまえを、殺したくない……。だから、私を殺せ……！』

このままでは、この男を殺すことになる。主に命じられるまま。

「おまえは俺を殺せないさ…」

まっすぐにイリヤの目を見つめ、かすかに笑うように守善が言った。

「いくら主の命でも、身体を動かすのは心だ。本気で戦えば……、代わりにおまえは、俺に殺されることを選ぶ」

その言葉に、思わず息を呑む。知らず涙が伝っていた。

そうなのかもしれなかった。

殺すことはできないのかもしれない。それでも、傷つけてしまう。

そしてきっと――総炎がとどめを刺す。

「人の姿になってみろ」

静かに言われ、イリヤはとまどったまま、ふっと身体の力を抜いた。

なめらかな白い毛が、ふわりと月を弾く銀色の髪になる。

「キレイだな……」

小さく声をこぼしてから、守善はそっと指先にすくうようにして髪を撫でる。

左手がとられ、その手首にはまっている赤いリングを厳しい目でにらむように見て…、そしてギュッと、イリヤの身体を縛りつけるように固く抱きしめた。

その温《ぬく》もりと力強さが肌に沁《し》みこんできて、イリヤは泣きたくなった。

男の背中に腕をまわして、しがみつきたかった。だがそうすると、両手は男の首を絞めてしまうかもしれない。

「必ず、おまえを取りもどす」

あやすようにして両手の指を絡め、耳元で、はっきりとした声がささやく。

イリヤは思わず息をつめ、大きく目を見開いた。

片方の手がイリヤの頬を撫で、小さな顎をつかんで、いきなり唇を重ねてきた。

「守善……？」

「ん…っ」

一瞬、何をされたのか理解できず、イリヤはただ呆然と、キスを受け入れた。

深く味わうように舌が絡められ、そっと唇がなめられ、ゆっくりと、唾液《だえき》が糸を引くようにして離れていく。

「私……は、おまえを襲った……。傷つけた……」

呆然と男の顔を見つめたまま、イリヤの口から小さくこぼれ落ちる。

胸が苦しかった。破れてしまいそうなほど。

「俺もおまえを襲っている」

にやりと笑って、守善がもう一度、唇を塞いできた。さっきよりももっと深く。何度もキスを繰り返す。

鼻先に、顎に、喉元に。まぶたに、頬に。何度も何度もキスを落とされる。舌先でなめられ、軽く甘嚙みされる。

心地よくて、うれしくて。泣きたくなった。

「――いたか!?」

「そちらをよく探せっ！」

と、少し離れたところで草を蹴るような足音がし、鋭い声も聞こえてくる。

ハッと身体を離すと、悪い、と小さくあやまってから、守善が羽織の組紐《くみひも》を引きちぎってイリヤの両手を縛り上げた。そんなに強くはない。嚙みつけば外れるくらい。

意図はわかった。イリヤがすぐには追えないだけの時間を稼ぐのだろう。

「守善……！」

立ち上がった男に、イリヤはとっさに身体を伸ばして言った。

「総炎は……守護獣たちを……使い捨てに……。王宮に……火を……」

それが精いっぱいだった。核心になるようなことは口にできない。

「火を……？」

ふっと、守善が考えこむように眉をよせる。

「おい！　こっちは探したか!?」

そうする間にも、そんな声が近づいてくる。兵士たちの気配もどんどん増えていく。

「待っていろ。早まるなよ」

イリヤの頰を撫で、それだけ言うと、守善は素早く闇に姿をまぎらせた。

——大丈夫だろうか……？　逃げ切れるだろうか……？

そのあとを不安げに見送り、イリヤはもとの獣の姿にもどると、できるだけのろのろと歯を使って前足の紐を食いちぎる。

そして庭に展開する兵士たちの脇をすり抜けて、もとの部屋へともどった。

「逃がしたのか？　役立たずがっ！」

当然のごとく主には叱責《しっせき》されたが、心はさして痛まなかった。

確かに主の命に逆らうことは許されなくても、心が背いていれば能力のすべてを出すことは不可能だ。だが主に背くということは、それだけ自分の命を縮めることでもある。

実際、イリヤは疲労していた。

力なく床へうずくまる。

「どうだ？　捕らえたか？」

息子たちに指揮を執らせ、探させているらしい。

もどってきた息子の一人に、いらだたしく尋ねる。

「いえ、それがまだ…。宴の最中ですから、客の手前、あまり大がかりな捜索もできないんですよ。何も知らない者も多いですからね。今、ヘタに疑念を抱かれたらまずい」

その指摘に、ううむ…、とうなった総炎は、鋭く命じた。

「城のまわりを固めろ！　決してあの男を外へは出すな！」

「ヤツも傷を負っている。遠くには行けません。すぐに捕らえますよ」

痛みに顔を歪め、守善に負わされた傷の手当てを受けながら、正朝が強がるように言った。

「ふむ…。だが万が一のことがあると面倒だ。——よし、明日の朝、都に上る」

その決断に、息子たちがいっせいに総炎を見た。

「では父上、いよいよ……」

「すぐに動くぞ。かねてよりの手筈《てはず》通り、軍は配置させておけ。気づかれぬように、小部隊に分けるのだ。他の者たちにも知らせを送れ」

はっ、と指示された息子の一人が大きくうなずく。

「正朝、おまえはわしと一緒に王宮へ上がるのだ。隙を見ておまえに…、一位の首をとってもらわねばならん。なにしろ、おまえが次の一位なのだからな」

「わかりました」

にやりと笑って、正朝が立ち上がる。

「守護獣たちを集めよ。すべて連れていくからな」

そう命じてから、総炎がイリヤを振り返った。

「おまえもだ、イリヤ。陛下や一位殿に、雪豹がわしと契約したことを報告しておかねばな」

にやりと笑う。

どうやらそれが、王宮を訪ねる口実になるようだった——。

城は高い塀に囲まれ、当然のごとく、通用門には警備兵が張りついている。

さすがに乗り越えて逃げることは難しそうだった。

となると、警備が手薄になるまで、中で潜んでいるしかない。

城の裏は森から山へと続き、離宮や兵舎なども多く、広大な敷地ではあるが、それでも兵力にものを言わせて徹底的に、それこそ草の根を分ける勢いで追われるのだろう。

城の中へ潜りこんだ方がいいのか、あるいは……そう、せっかくの宴だ。客たちの帰宅にまぎれて、外へ抜け出せないだろうか……？

頭の中で、いろいろな状況を検討する。

とはいえ、客たちが出入りする城の正面の出入り口は警備の目も厳しい。守善が考える程度のことは総炎にも思いつくだろうし、きっちりと警戒の目を光らせているはずだ。

背中の傷がズキズキと沁みるように疼《うず》く。

実際、背中からイリヤに襲われるなどと想像もしていなかった。だが考えてみれば、当然あり得ることだったのだ。油断していた。

わずかに顔をしかめる。

◇

◇

傷を負ったことはかまわない。だがそのことで、イリヤに罪悪感を持たせたことが悔やまれる。

あの誇り高い獣に、涙を流させるほど。

守護獣としては本能的な、あたりまえの行動なのだ。自分が注意するべきだった。

さすがに鋭い爪は深く食いこみ、服は裂かれたのがわからないくらい、べったりと血で肌に張りついている。ようやく止まりかけたくらいだろうか。

守護獣たちが動員されれば、血の匂いを追うことなど簡単だろう。速く手当てをしなければ、かなりまずいことになる。

とはいえ、誰も味方のいない現状では、なかなか難しい。

守善が食料庫らしい建物の陰から、そっとあたりの様子をうかがっていた時だった。

『守善、こっちだ』

いきなり背後から聞こえた声に、ビクッと背筋が震えた。

とっさに短刀を抜き、振り返ると同時に身構える。この距離なら接近戦だという、本能的な感覚だった。

が、目の前に予想した男の姿はない。

——いや、足下だ。

目の前にいたのは、一匹のネコだった。見覚えのある、毛並みの美しい守護獣だ。

まるで足音もせず、気配がなかったのも当然だ。

一瞬、目を見張るが、守護獣ということは——今の守善にとっては敵になる。

ふっと息をつめ、油断なく相手を見据える。

『早く来い。すぐに兵士たちがまわってくるぞ』

しかしそんな守善に端的に言うと、振り返りもせずに先を小走りに動き出す。

守善はとっさの判断に迷ったが、意を決してネコのあとに続いた。

月明かりの中で、目の前で閃《ひらめ》く青白い気配を必死に追っていく。

賭けに近い状況だったが、ネコはうまく兵士たちがいるあたりを避け、守善を誘導しているようだった。さすがに守善と違って、城内のあらゆる場所、通り道を熟知しているらしい。

動物しか通らないような、足場の悪い細い通路や、納屋の屋根などを通り抜けるのにはちょっと苦労したが、文句を言える立場ではない。

ネコが立ち止まったのは、厩舎《きゅうしゃ》のあたりだった。

人の気配が多く、ちょっとドキリとする。しかし兵士たちではなく、どうやら客の御者たちが集まっているようだった。

ポツポツとあたりにはいくつか焚《た》き火が作られ、それを囲むように談笑している。ちょっとした食べ物や酒もあって、どうやら主人が城内で宴を楽しんでいる間、ここで集まって御者同士、交流を深めているらしい。

のんびりとした空気で、とても同じ城の中で血生臭い陰謀が繰り広げられているとは思えない。

コソコソとしているとかえって注意を惹きそうで、守善はさりげなく片手で顔だけを隠すようにして、ネコのあとに続いた。

屋根のある広い馬車置き場もあったが、それでは足らず、その前の広場にもズラリと多くの馬車が並んでいた。領内の近くの客ならばあらためて迎えの馬車を来させればよいのだが、遠くからの客はそうもいかない。

少しずつ形や大きさは違うが、これだけ並ぶとどれがどれだかわからなくなりそうだ。

しかしネコはその間を迷わずすり抜け、一台の馬車の前で立ち止まった。ひょい、とステップに足をかけ、ドアをガリガリと引っかく。

すると、中からそっと扉が動いた。わずかな隙間から人の気配がし、こちらをうかがっているのがわかる。

そして次の瞬間、パッと大きく開いた。

「隊長！」

弾んだ、聞き慣れた声に、守善はさすがに目を剝いた。

「おまえ…、直晄か？　どうしてこんなところにいる？」

都にいるはずの、守善の部下だ。近衛隊の。

『声が高い』

不機嫌そうにネコに注意を受け、人間二人はあわてて肩をすぼめた。

『早く中へ入れ』

顎をしゃくるように言われて、守善は身を屈めて乗りこむと、片側のシートに腰を下ろした。

その後ろからネコも飛び乗ってくる。それを確認し、慎重にあたりの様子をうかがってから、直晄が扉を閉めた。

暗さが増し、足が当たるくらい近くにいる向かいの男の顔もはっきりとしない。それでも窓から差しこむ月明かりで、輪郭がかろうじてわかった。間違いなく直晄だ。

「おまえ…、どうしてここに？」

「血の匂いが…、ケガをしてるんですか？」

身を乗り出すようにして守善はあらためて尋ねたが、それをさえぎるようにして直晄に聞かれた。

ああ…、としかめ面でうなずいた守善に、直晄がテキパキと言った。

「手当てをしながらにしましょう。背中ですか？　こちらに向けてください」

自分のすわっていたシートの下から小さな箱を引っぱり出すと、中から清潔な布や薬を取り出した。

ずいぶんと準備がいい。

手際よく布を水筒の水で濡らし、まずは血の痕を丁寧に拭《ふ》き取ってくれる。

「うわ…、これはヒドイですね。鉤爪《かぎづめ》ですか……？」

聞きながらも、特に答えを求めているようではない。

「血の匂いをたどられるとまずいな……」

思い出してつぶやいた守善に、心配ない、とネコが答えた。

『何匹かの守護獣たちが走りまわって、そこら中に血をつけてまわっている』

賢いな、と思うと同時に、守善はとまどった。

「大丈夫なのか、そんなことをして？　主の命に逆らうことになるんじゃないのか？」

尋ねた守善に、ネコが小さく鼻を鳴らした。

『おまえを殺せと言われれば、それに従わねばならん。捕らえろ、と命じられればそのようにも動くが…、今のところ、主からことさら大きな命令は受けていない。幸運なことにな。主は小動物にはあまり関心を持たぬ。よけいなことをしゃべるな、と言われているくらいだ』

なるほど、と守善は小さく息をつく。

「それで、直晄、おまえはどうして？」

「一位様より、特別にご下命がありまして。秘密裏にこの城に入りこみ、何か動きがあったら隊長を補佐しろと。びっくりしましたよ…。隊長が王弟殿下を内偵《ないてい》する密命を受けていたなんて、ぜんぜん知りませんでしたからね」

背中で直晄が答える。いくぶん拗ねたような口調だ。

直晄が直接一位様から呼び出されたとしたら、それは驚くだろう。

だが、知らなかったのは守善も同じだ。内偵しに来たつもりもない。

……ということは、と、守善はわずかに眉をよせた。

千弦は初めから総炎を疑っていたということだろうか。もしかすると、守善にわざわざ美ノ郷に寄っていけ、と命じたのは……？

ようやく、千弦の意図を察した。

なるほど、さすがにしたたかだ。守善の考えていた通り、千弦は守善の守護獣の心配をしてくれていたわけではなく、そもそも総炎のまわりで何かあやしい動きがないかを知りたかったのか。

事前に一言の説明もなかったことについては、じっくりと問いただしたいところだったが。

どうやら、イリヤも何も知らなかったようだし。

「ちょうどこの宴にまぎれて入りこめましてね。夏珂様とも親しい執政官の方が招待されていたんですよ」

なるほど、と守善はうなずいた。

「そうしたら、コイツがこのネコを連れてきて」

コイツ、というのは、直晄の守護獣のリスだ。ミミとか言ったか、直晄の横でうろちょろしている。

確かに守護獣同士だと、意思の疎通もスムーズなのだろう。

「それで…、何があったんですか？」

一通りの手当てを終え、真剣な表情で直晄が尋ねてくる。

「謀反《むほん》だ。叔父は反乱を起こす気でいる。自分が王位につくためにな」

「な……、まさか、そのような……」

短く、端的に説明した守善に、さすがに直晄も絶句した。

「総炎は父上と一位様の命を狙っている。一刻も早く、それを知らさなければならん」

目をすがめるようにして、守善は言った。

あの鳩のように、空を飛べる守護獣が手元にいればこんな時は手っ取り早いのだが。

「総炎はいつの間にか強大な軍を造り上げている。自ら王宮へ入って父上たちを暗殺すると同時に、軍を展開して都を制圧するつもりなのだろう」

直晄に説明しながら、守善は自分の考えをまとめていた。

確かに身内ならば…、しかもまったく疑っていなければ、暗殺はたやすい。

父が亡くなり、一位が亡くなったとしても、本来ならばまだ皇子はいる。が、総炎はそれを武力で掌握するつもりなのだろう。

突然襲われれば——しかも内部から、だ——誰もが浮き足立つ。そこにつけこまれれば、王宮内の護衛兵にしても、近衛兵にしても、そして都の警備兵にしても、どう動いていいのか、誰の命令に従うべきか、わからなくなる。

『総炎は……守護獣たちを……使い捨てに……。王宮に……火を……』

イリヤが絞り出すように言った言葉を思い出す。

「総炎は王宮に火を放つつもりなのか……？」

無意識に顎を撫で、守善は小さくつぶやいた。

その混乱に乗じて父や一位を討つというのは、あり得ることだ。

ハッと、その可能性に気づいた。

「まさか、守護獣を使い捨てにというのは……」

守護獣に火をつけさせるつもりなのか。つまり、守護獣自身を火元にして？

火のついた小動物が王宮内を走りまわれば、あっという間に火の海になる。その混乱は想像を絶するだろう。

自分で口にして、ゾッとした。

『やりかねんな…、あの男なら』

察したらしく、ネコがかすれた声でうめいた。

『総炎が動く前に早く王宮へもどり、このことを国王に知らせるべきだな。先に守りを固め、迎え撃つしかあるまい』

「だが、イリヤが……」

守善は迷った。

『主はすべての守護獣を連れていくつもりだ。イリヤも、もちろん』

ならば、王宮で救い出すことができるだろうか？　一日でも、あの男の側においておきたくはなかったが。

『近隣の領主や軍にも主に加担する者がいるようだ。時をおくと、領内を抜けて帰るのが難しくなるぞ。おまえを出さぬよう、おそらく街道には関所が設けられる』

ネコの指摘に、守善は低くうなった。

総炎たちが都へ向かうのであれば、自分がいつまでもここに足止めを食らうわけにはいかなかった。

『城を抜けるのなら、今しかない。早く行け』

その言葉に心を決め、守善はうなずいた。

「執政官殿を呼んでまいります。その間に隊長は着替えをしておいてください。ケガ人に申し訳ありませんが、隊長は御者の役をお願いします」

有無を言わさぬ口調で、直晄がやはりシートの下から風呂敷に包んだ衣装らしい一式を取り出した。

片腕が使いにくい今の状態では、御者というのは少しばかり難儀な役だが、「こういう場合、御者は『見えない人間』になるものですよ」という直晄のうがった意見にも一理ある。

当然、城門では中の人物の顔や身分はチェックされるはずだ。馬車の上や下に張りついて隠れても、見つかる恐れはある。

いてあたりまえの御者、しかも使用人などは、ろくに顔も見ないことが多い。馬車に乗っている主人に付属しているモノなのだ。

いずれにしても、引き裂かれた服のままでは注意を惹いてしまう。

守善は御者の衣装に着替え、つけ髭まで用意されていたので、それをしっかりと顎に貼りつける。

さらに帽子を目深に被ると、確かに顔はほとんど見えなくなるはずだ。

直晄は……というか、もしかすると一位様が、だろうか、あらかじめいろいろと想定して、準備をしていたらしい。

『おまえの服の切れ端をもらおうか。血のついているあたりだ。それを裏山の崖《がけ》っぷちにでも引っかけておけば、少しは目くらましになるかもしれん』

その言葉にうなずいて、守善は破れた服をさらに引きちぎり、ネコに差し出す。そして、きっぱりと言った。

「ありがとう。必ずおまえたちを自由にする」

どんな方法で総炎が守護獣たちと契約したのか、おおよその想像はつく。ひどい、卑劣なやり方だったのだろう。

王族が…、しかも自分の血のつながった叔父が、と思うと、このネコにも申し訳ない気持ちでいっぱいになる。

『頼みたいものだな…。私もまだ死にたくはない。こんな状態で生涯を終えたくもないからな』

小さく笑って返すと、切れ端を口で受けとり、ネコがするりと馬車を降りた。

『王宮でな。……イリヤを助けてやれ』

振り返ってそう言うと、足早に離れていく。

まもなく、早めに帰宅の途につくように頼んだらしく、直晄がこの馬車の持ち主たちを連れてきた。

どういう説明をしているのか、あるいは夏珂に命を助けられた恩でもあるのか、特に何も聞かず、協力してくれているようだ。

彼ら自身、御者には目もくれなかったので、守善もことさら身分を明かすことはしない。

他にもぽつぽつと城をあとにする客たちもいて、城門ではいったん馬車が止められ、中の客の確認はあったが、やはり御者には注意を払っていないようだった。

十分に城から距離をとったあとで、御者の役は直眺が代わってくれた。

ようやくそれまでの御者が皇子だったことに気づき、執政官夫妻は慌てふためいていたようだ。館に着いてからはさらに馬を借りて、守善たちは都へ急いだ。

せめて一晩休んで明日の朝に出発なされば、とも心配されたが、二人は夜通し突っ走った。

実際、背中から追われているような気配を常に感じていた。

自分たちが、というより、やはり伝令が飛んで、次々と総炎に加担する領主や執政官たちの軍が集結しているということだろう。

途中、夏珂のところへ立ち寄って、鳩を飛ばしてもらう。状況だけでも先に伝えられれば、守善としても少しは安心だ。

宿はとらず、数時間の仮眠だけで、四日で都までたどり着いた。

王宮に入ったのは深夜だったので、謁見を願い出るにはさすがに遅い時間だったが、急を要する状況だ。

考えて、ミミに使いに出てもらった。千弦の守護獣に連絡がつけば、どうにかなるかもしれない。

やはり守護獣がいるといろいろと役に立つな…、と思う反面、ちょろちょろと警備の足下を抜けていけるわけで、守護獣を使う身内に反乱者が出ると、これだけやっかいなことになるわけだ。

しばらく待っていると、奥から鋭い靴音が響き、大柄な男が一人、ぬっと姿を現した。

「もどられたか、七位殿」

牙軌だ。一位様直属の警護役。低い、相変わらず感情を見せない声だった。

「千弦様が待っておられる」

そう言うと、二人を案内しながら奥へ進んでいく。

「鳰は…、連絡は届いていますか？」

「ああ、ゆうべな。総炎様…、いや、総炎からも今日使いが来た。近日中に挨拶に来ると」

「厚顔ですね…」

直暁が顔をしかめる。

「一位様の身辺に変わりはありませんか？」

確認した守善に、牙軌がちらっと肩越しに振り返った。

「こちらの心配はいらぬ。千弦様には指一本、触れさせん」

静かな気迫のこもった声だ。この男が千弦を裏切る心配はないのだろう。

とはいえ、総炎がすでに王宮内部に配下や密偵を送りこんでいても不思議ではない。いや、時間をかけた計画のようだから、間違いなく何人か手先がいるはずだ。実際に、千弦は撃たれてもいる。

守善は身を引き締めた。

だからこそ、人目に立たないようにこっそりと帰ってきたわけである。

かなり入り組んだ道だったが、庭伝いに通されたのは千弦の私室だった。ほのかな明かりが灯っていて、テラスから中へと入る。

すでに深夜をまわっていたが、まだ起きていたのか、あるいは起きたついでに仕事をしているのか、広い机の向こうに腰を下ろし、書類を眺めている。

牙軌がいない間の警護なのか、部屋の隅の止まり木から鷹が鋭い眼差しを向けてきた。

「お連れいたしました」

牙軌の声に顔を上げて、千弦がうなずく。やはり一度休んでいたのか、寝間着の上にローブを羽織った姿だ。

机を挟んで前に立った守善を一瞥し、ペンを手にしたままわずかに眉をよせる。

「肩をどうした？　ケガをしたのか？」

「あ…、これはその…、大きなネコに引っかかれまして」

無意識に視線を泳がせるようにして答えた守善の顔を、千弦が何か見透かすようにじっと眺めてから、さらりと言った。

「ベッドの上でではないようだな」

「……面目ありません」

どうやら誰に引っかかれたのかは察したらしい。

えっ？　と後ろで直晄がとまどったような声を上げる。

「総炎のことだが」

千弦はペンを置き、かまわず本題に入った。

陰謀の中身についてはすでに書き送っていたし、千弦の方でもある程度、総炎の動きは察知していたのだろう。

「なるべく…、騒ぎにならぬようにしたい」

「はい」

当然だった。身内で反乱が起こったなどと、近隣諸国に対しても外聞が悪い。国内でも動揺が広がるのは避けられない。兵たちの間でも、だ。

「できれば、内々で処理を」

じっと瞬きもせずに守善を見つめて言った千弦の言葉に、その意味を察して、守善はゴクリと唾を飲んだ。

「総炎を……、討ってよろしいのですか？」

自分たちにとっては血のつながった叔父だ。父には実の弟になる。

「よい」

それでも、千弦は淡々と答えた。

「父上にも許可はいただいている」

『能力はあったが、野心の強い男だった。父上…、おまえたちの祖父も、総炎については心配しておったよ』

父はそんなふうに言ったらしい。

守善はそっと息を吸いこみ、思わず目を閉じた。

「あの男が死なねば、イリヤは……他の守護獣たちも救えまい？」

確かにそうだ。捕らえて、一匹ずつ契約を解除させることもできなくないのだろうが、時間がかかりすぎる。その間にも、守護獣たちの命は削られていく。総炎が素直に解除に応じるかどうかもわからない。

「総炎がいなければ今回の企みは瓦解《がかい》する。他の者は総炎が王位についたあとの地位や領地を餌にされ、協力しているだけだろうからな。名を連ねている者たちもほとんどわかっている。あとの処理は難しいことではない」

「総炎の軍が都のまわりに配置されているようですが、そちらは大丈夫ですか？」

「その兵たちは総炎の合図がない限り動くまい。市中警備の隊に見張らせてはいるが」

淀みなく千弦が答える。そして机の上で長い指を組んで続けた。

「わざわざ総炎がこちらに来るのであればよい機会だ。だが、ことは慎重に運ばねばならぬ」

守善はうなずいた。

「守護獣たちを…、総炎から離しておくことはできませんか？　総炎にとって、守護獣たちはただの武器なんですよ」

痛ましくつぶやく。

命を賭けて主を守ってくれる者の命を、残酷に使い捨てるのだ。死んで役に立て――、と傲慢に言わんばかりに。

「難しいな。ただおそらく、総炎が火を放つのは父上と私を殺したあとだろう」

「そうなのですか？」

千弦の読みに、守善は首をかしげた。

「混乱の中で確実に殺すというのは、案外難しいものだ。どんな突発的なことが起こるかもしれないからな。むしろきっちりと殺したあと火を放って、焼死したことにした方が都合がよいだろう？　そうすれば謀反の汚名を受けずにすむ」

あっ…、と守善は短い声を上げた。なるほど、と思う。

「大火で不幸にも王と一位が焼死した。新しい国王を誰にするのか、当然混乱が起きるだろう。はっきり言って、私が死ねばあとの兄弟は似たり寄ったりの凡庸な政治能力しか持ち合わせていない。争いが起きることは目に見えている」

自分で言うか、と思わず守善は内心でうなったが、……まあ、まったくその通りではある。反論する気も起きないくらい、自分の政治能力など凡庸以下だという自覚はある。

「その混乱を総炎が武力をもって収拾し、そのまま有無を言わさず王位につくということは十分に可能だろう。もちろん王や世継ぎがそろって焼死するなど、都合がよすぎる。死因を疑う者も出るだろうが、軍を掌握されればヘタなことは言えず、口をつぐむしかない。歴史は勝者に作られるわけだからな」

「恐ろしいですね……」

思わず守善はうめいた。

「逆に言えば、私を殺しに来た時が謀反を証明するよい機会にもなる」

「ご自身を囮《おとり》にするおつもりですかっ？」

さらりと言われ、守善は声を上げた。

「狙われているのだから同じことだ。あらかじめわかっていれば防ぐのも難しくはない。私には守護獣もいるし、牙軌もいる」

平静な顔で千弦は続けた。

「総炎が自分の手で私を殺しに来るのであれば手間が省けるが…、おそらくそれはあるまい。だから守善、総炎はおまえに任せるしかない」

小さく息を吸いこみ、守善は顎を引いた。

「イリヤや…、総炎がいつも連れている獅子は手元から放すまい。総炎を討つには、あの獅子が問題になろうな。なんとか、あの獅子を引き離しておける方法があればよいのだが」

千弦が指先で唇を撫でるようにしながら言った。

確かにそうだ。あの獅子とまともにやり合える守護獣は、この王宮内でも少ないだろう。

ペガサスは万能だが、ことさら攻撃力があるわけではない。むしろ、防御能力の方が高いと聞く。

しかもうろうろすると目立ちすぎる。

かといって、一個部隊を差し向けるほどの騒ぎになれば、総炎が一気に軍を動かしかねないし、その動きが内通者に察知される危険もある。そもそも誰が敵か味方かわからないため、守善が手を下さなければならないのだ。

国王や一位を暗殺するために来た総炎を、逆に暗殺する。

できれば表沙汰《おもてざた》にしたくないということもあり、関わる人数は少ないほどよい。間違いなく信頼できる者だけで動かなければならない。

「総炎の息子たちの方も動きを押さえておかねばな…。それは守善、おまえの配下に任せよう。直暁、よいな」

直接命じられ、ハッ！　といくぶん緊張した面持ちで直暁が敬礼を返す。

叔父を討つ。やるしかないのだ。

守善も心を決める。

「ああ…、そうだ。守善、これを」

と、ふいに思い出したように、千弦が机の深い引き出しから細長い木箱を一つ、取り出した。

蓋を開き、取り出したのは――小刀だ。鍔は小さく、小柄《こづか》より少し大きいくらいだろうか。細身の、すっきりと飾り気のない形だった。

しかし美しい。象牙《ぞうげ》のようになめらかで真っ白な柄《つか》で、吸いよせられるように目が惹かれる。

「私に…、ですか？」

「そうだ。ルナがおまえに預けてみろと言っている。ユニコーンの角で作った短刀らしいぞ？」

「まさか…」

本当なのか、冗談なのか、小さく笑って言われ、守善は思わずつぶやいた。

ユニコーンもペガサスと同じくらい稀少な守護獣とされているが、月都の歴史上、かつて主となった王族はいない。

それでもおそるおそる手を伸ばす。触れた瞬間、手のひらに吸いつくような感覚があった。不思議なことに、じわりと手のひらに温かさが伝わる。

「なぜ…、私に？」

「おまえに扱えぬものであれば、すぐに返してもらうと言っていたが」

答えにならない答えだ。

守善はちょっととまどったが、とりあえず、お預かりします、と丁重に受けとって鞘に収め、腰に挟んだ。何となくしっくりとくる感じはある。

もしかしたら、これは守護獣を相手にするのに有効なのかもしれないな…、と思う。致命的な傷を負わせられるとか。

あの獅子と戦うことを想定して、ルナが持たせてくれたのかもしれない。

それにしても、兄の悟りきった表情を見ていると、つい文句の一つも言いたくなった。

「兄上…、しかしこういうことでしたら、初めから…、行く前から言っておいてもらえませんか？」

いつになく、この兄に対してむっつりと口にする。

「総炎相手に芝居ができるほど、おまえは腹黒い男ではないからな」

が、あっさりと返されて、むう…、と守善は押し黙った。

褒められているのか、けなされているのか、微妙なところだ。単純だと言われているだけのような気もする。

「総炎の方が年を食っている分、世慣れているし、人の表情を読むのがうまいと言っているのだよ。……もっとも私の計算では、美ノ郷へつく前におまえはイリヤを口説き落とせているはずだったのだけどね？」

ぐさり、と相変わらず寸分の狂いもないポイントに千弦の言葉が突き刺さってくる。

まったく、守善としてはぐうの音も出なかった。

総炎が息子たち数人と、そして守護獣たちを引き連れて月都の王宮に入ったのは、守善たちより三日遅れてのことだった。大所帯での移動だけに時間をとったのだろう。

その間、守善は人前に出ることなく、隠れるようにして過ごしていた。誰かの口から、総炎に守善が帰ってきていることがもれるとまずい。

いつもと変わらず、総炎たちは丁重に迎えられた。……らしい。

総炎たちも、王や千弦を狙うタイミングを計っているのだろう。

歓迎の会食なども和やかに催されているようだが、千弦とはおたがいに、狐《きつね》と狸《たぬき》の化かし合いといった風情だ。まったく人間のくせに。

雪豹と獅子を両脇に従えた総炎は、守護獣たちが闊歩《かっぽ》するこの王宮内にあっても、さすがに人目を惹いていた。

守善はそれを、遠くからいらだたしく見つめるしかない。

総炎が来訪して三日目の夜、王宮では歓待の宴が催され、盛大に花火が打ち上げられた。

千弦の提案で、――これが罠《わな》だった。

花火が上がる音で争う物音がかき消され、暗殺を企てるには絶好のタイミングになる。しかも火薬を扱うわけで、火事が起こっても不思議ではない状況だ。

宴で酒が入り、気分が高まると、隙も生まれやすい。……本来ならば、だ。

メインの観覧席になる王宮の広いテラスには多くの貴族たちが集まっていたが、夜も更けてくると、王族たちはそれぞれの部屋へ引き取って、自室のテラスから静かに眺める者も多くなる。

千弦などはもともとあまりにぎやかな場所を好まないので、礼儀上の集まりに顔を出し、一通りの挨拶を受けると、すぐに部屋にもどるのが通例だった。

案の定夕方過ぎから、総炎が息子たちと何度もヒソヒソと耳打ちし合う場面が確認できた。

この夜、守善は総炎に与えられた広い客間が見通せる庭の一角で合図を待っていた。直暁が一緒だ。

時折、ドン…！　と腹に響く音を立てて、花火が美しく打ち上げられているが、守善たちは夜空ではなく、じっと総炎の部屋を見つめていた。

父王と一位を襲うタイミングは、ほぼ同時だろう。おそらくは、息子たちが。

その補佐を、総炎が自分の守護獣に命じる可能性はある。

守善としては、イリヤを押さえこんだ上で総炎を討たなければならないので、正直、あの獅子はどちらかに向かっていてほしいところだ。

獅子がいなくなり、千弦から知らせが来たら、守善たちはすぐさま踏み込む予定だった。

だが。

それを待つことができない事態が、目の前で起こっていた——。

◇

◇

月都の王宮へ到着するまで間、総炎はあちこちへと伝令を出して計画を詰め、ひっきりなしに城からの報告も受けていた。

出発したその夜、城からの急使で、裏山の崖で血のついた服が岩場に引っかかっているのが見つかったという報告が届き、イリヤは心臓が冷えるのを感じた。

まさか――、と思った。

「どうやら守善は死んだらしいな。やはりマヌケな男だ。崖から落ちる最期だなどとな」

と、正朝は上機嫌だったが、イリヤは信じなかった。

そんなはずはない。

必ず、おまえを取りもどす――と、守善は言ったのだ。待っていろ、と。

イリヤは必死に平静を保とうとしていた。

月都の王宮に入り、千弦たちとも再会したが……総炎の陰謀について口にすることはできなかった。

「ふさわしい主を見つけたんだね。守善は残念ながら、あなたのお眼鏡には適わなかったようだ」

千弦には微笑んでそんなふうに言われ、心臓がキリキリと痛む。

花火を打ち上げて祝おうという千弦の言葉に、総炎はこの夜、決行することにしたらしい。

「美しいものだな。まるで我らの素晴らしい門出を祝してくれているようではないか」

テラスでしばらく夜空を彩る花火を眺めてから、機嫌よく総炎が室内へもどってくる。

「おやおや…、ずいぶん顔色が悪いようだ」

そして人の姿でソファの端に腰を下ろしているイリヤを見下ろし、不気味に優しげに言った。

もちろん、いいはずもない。不安とあせりで気持ちが悪くなるくらいだ。

『いよいよかと思うと、気持ちが高ぶるな。少し静めておいた方がよさそうだ』

長いしっぽを振りながらうろうろと落ち着かない様子で歩き回っていたガレスが、ちらっとそんなイリヤを横目にして、どことなく意味ありげな調子で口にする。

うん？　と顔を上げた総炎が、密やかに喉の奥で笑った。

「ああ…、そうだった。おまえは仕事の前に少し発散させておかねば、やり過ぎる恐れがあるんだったな」

どこかとぼけたような口調だ。

「イリヤにしても力が足りていないようだ。これから働いてもらわねばならん時に」

言いながら、背中から指先でそっと頬が撫でられ、イリヤはとっさに身を引いた。

「力を分けてやらねばな…」

ねっとりと耳元で言われた言葉に、イリヤはゾッと背筋に冷たいものが這い上がるのを覚えた。おそるおそる、強ばった顔で振り返ると、総炎が薄い笑みを浮かべ、なめまわすようにイリヤを見る。

そして、言った。

「ベッドへ行きなさい。私とガレスとで可愛がってやろう」

一瞬に、全身が総毛立った。

「嫌だ…っ！」

反射的に叫んだイリヤに、総炎は冷ややかに言い放った。

「主に対して嫌という返事はない。――行きなさい」

イリヤはガクガクと体中が震えてくるのがわかった。しかし、主の命令に逆らうことはできない。

言葉に縛られ、引っ張られるように身体が動く。

「ここでいいさ」

と、よろけるように立ち上がったイリヤの耳に、軽快な、楽しげな声が飛びこんでくる。

そっと顔を上げると、若い男が一人、薄笑いを浮かべて全裸で立っていた。浅黒い肌に、無造作に伸びた長い髪。その中ほどでは、たてがみのように尖《とが》った短い髪が襟足まで伸びている。

ガレスだ。その人の姿。

「ああ…、それも野性的だな。偉業の前に気持ちが高まりそうだ」

総炎の声が続き、いきなり腕が引かれて、イリヤは男の腕の中に抱きすくめられていた。

夢中で突き放そうとしたイリヤだったが、にやりと笑って総炎が耳元で呪縛《じゅばく》する。

「抵抗は許さん」

瞬間、手足が痺れたように動かなくなる。

「ほう…、いい手触りだな」

総炎の手が薄いローブをはだけさせ、手のひらで肌をなぞるようにして撫で上げてくる。

「ん…っ、……あぁ……っ」

指先が胸の小さな芽を摘《つ》みとるようにきつくなぶり、痛みと疼くような刺激にたまらず、イリヤは男の腕の中で身体をのけぞらせた。

「可愛いものだな…」

その表情を満足そうに眺めながらつぶやき、総炎がイリヤの顎をつかんだ。

苦しい体勢で引きよせられ、強引に唇が重ねられる。ねっとりと生暖かい舌が口の中を蹂躙《じゅうりん》する。

——嫌だ。嫌……っ！

心の中で叫び、男の舌を噛みちぎってやりたかったが、身体は拒むことができない。涙がにじんだ。

男の手が脇腹から内腿を撫で上げ、下穿《したば》きを引き下ろされて下肢が剥き出しになる。

ガレスに見えるように中心があやされ、残酷な指先でさらに奥がいじられる。

「おまえの中に…、わしの力を注ぎこんでやる」

熱っぽい、荒い息づかいで、総炎がささやいた。

「主の愛情を一身に受けられるのだ。うれしかろう？」

言いながら、総炎がいったん腕を離し、イリヤの身体は力なく側のソファへ倒れこんだ。

「おまえからせがんでくるくらい、身体の方も悦《よろこ》ばせてやるからな…」

着ていたローブを脱ぎ捨て、総炎が手荒にイリヤの肩をつかんだが、足に力が入らず、イリヤはそのまま床へずり落ちてしまう。

「ほら、膝をついて尻を上げろ。俺のをぶちこんでやる」

ガレスが焦《じ》れたようにイリヤの腰をつかんだ。硬く猛ったモノが足の間に押しつけられ、すでに先走りで濡れた先端が、必死に拒もうとする襞《ひだ》にこすりつけられる。

今にも容赦なく突き破られそうで、イリヤは歯を食いしばって震えるのをこらえた。

――守善……っ、守善……守善……っ。

無意識に名前を呼ぶ。

早まるな、と言われたが、このまま死んでしまいたかった。

――助けにも来ないくせに、勝手なことを言うなっ！

もし、本当にもう守善が死んでいるのなら……と、そんな考えが頭をよぎるだけで血が凍る。

どこに向けていいのかわからない怒りを吐き出すことで、なんとか正気を保つ。

「これこれ…、主が先だろう？」

背中の上で総炎にたしなめられ、ガレスがチッ、と舌を打った。

「しゃぶらせてもいいか？」

「かまわんよ」

鷹揚に答え、二人が場所を入れ替わる。

髪がつかまれ、顔が上げさせられて、イリヤは目の前にガレスのモノを見せつけられた。さすがに獅子の体格に見合った大きさで、それを喉の奥まで突き入れられ、イリヤは息苦しさにむせぶ。

「ん…んっ……、ふ……」

「おお…、これは狭そうだな……」

そして後ろには確かめるように指をねじこまれる感触があって、イリヤは逃げるように腰を振った。

「ふふふ…、そう急くな。すぐに入れてやる」

しかしねだっているように受けとったのか、総炎が楽しげに言った——その時だった。

「——んっ!?」

ふいにガレスの気配が殺気をまとったかと思うと、わずかに身をそらすようにして片腕で顔をかばった。

何かが空を切るようなかすかな音が聞こえ、いきなり口の中のモノが引き抜かれて、イリヤは状況もわからないまま大きく息を吸いこむ。

と、開きっぱなしだった背後のテラスから、いきなり黒い影が部屋に飛びこんで来たかと思うと総炎に体当たりを食らわせ、総炎はなぎ払われるようにして横へ押し倒された。

「な…なんだっ？」

無様に床へ転げてから、総炎があたふたとあたりを見まわす。

ガレスの方は落ち着いたまま、その侵入者を眺めた。

「こんななまくらな刀が通用するか…っ」

じっと相手をにらんだまま、左腕に突き刺さっていた小刀を引き抜き、横へ投げ捨てた。

「特別な小刀だったんだがな…。守護獣に傷を負わせることはできないのか」

いくぶん残念そうな、低い男の声。聞き覚えのある……。

耳に入ったとたん、ビクッ…とイリヤの背中が震えた。

ゆっくりと振り返る。目の前に立っていた男の姿を、瞬きもせずに見つめる。

「守…善……」

震える声がこぼれ落ちた。

「きさま…、生きていたのか……」

総炎がようやく身を起こし、憎々しげにうめいた。

守善がちらりとそちらを横目にし、低く言った。

「総炎、すでにおまえの謀反は発覚している。陛下も、一位様もおまえの企みはご存じだ。観念しておとなしく罪を認めれば、命くらいは助かるかもしれんぞ？」

「なんだと…？」

一瞬、顔色を変えた総炎だったが、怒りか、徐々に赤く染まってくる。

「ならば、一度にすべての片をつけるまでだ！」

叫んだかと思うと、大股《おおまた》に奥の扉へ突進した。

「正朝！　すぐに守護獣をすべて集めろ！」

そして息子を大声で呼ぶと、声高に命じた。

守善がわずかに顔をしかめる。

とっさにそちらに向かおうと足が動いたが、スッ…、とガレスがその前へと立ち塞がった。すでに獅子の姿だ。

「イリヤ、その男を殺せ！」

そして向き直った総炎がわめいた。

『俺がやる。ほんの一瞬の手間だ』

舌なめずりするように大きく舌を出して、ガレスがにやりと笑う。が、総炎は頑強に言い張った。

「いや、イリヤにやらせるのだ！」

不服そうだったが、主の命令だ。ふん…、と鼻を鳴らし、ガレスがのっそりと部屋の隅へ移動する。

「あ……」

イリヤは全身が震え出すのがわかる。操られるようにゆっくりと姿が変わり、もとの豹になる。身を低く構え、攻撃態勢をとる。

「イリヤ……」

静かにイリヤを見つめたまま、守善も身構える。

「イリヤに殺されるがいい…！」

じっと対峙《たいじ》したままの二人を眺め、暗く笑うように総炎が叫んだ。

イリヤに殺させることが、守善にされたことへの意趣返しであり、腹いせなのだろう。

――逃げて……っ！

必死にイリヤは声にならない声を上げる。

ここで戦えば……守善は殺されないまでも深手を負う。そうなれば間違いなく、総炎かガレスに殺される。

だが守善は、じっとイリヤを見つめたままだった。

「殺せ…！　その男を殺せ、イリヤ！　主の命令だ！」

守善を指さし、激しく総炎が命じた。

瞬間、イリヤの身体は大きく跳躍していた。

ダメだ…、と頭ではわかっている。なのに。

鋭い爪が守善の頬をかすめ、守善の身体が床へ転がった。着地したイリヤは間をおかず、再び襲いかかる。

「つっ…！」

その身体が足で受け止められ、そのまま投げ飛ばされた。とはいえ、空中で勢いを殺して身軽にソファへ下りる。

その隙に守善は身を起こし、体勢を立て直した。

俊敏さでは敵うはずもなかったが、守善は大柄な体格のわりにうまく寸前でかわしている。

時折、爪先が男の肌を引っかくが、それでも守善は刀を抜かなかった。

イリヤを傷つけることを避けるためだろう。

しかし、このままでは……。

その時、イリヤの視界にちらっと白いものがかすめた。壁際に、さっきガレスが投げ捨てた小刀が
そのままになっている。

イリヤはそれを横目にしながら、守善をそちらへ追いこむようにして攻撃を仕掛けた。

「早く仕留めろ！　何をぐずぐずしているっ！」

焦れたように総炎の怒号が響いてくる。

「イリヤ……！」

さすがにスピードに追いつけず、守善が再び床へ倒れた。

すかさずイリヤは牙《きば》を剝く。喉笛を狙ったが、守善がとっさにかばうように片腕を上げ、それへ思いきり嚙みついた。

守善の身体にのしかかる形で、ぐぅぅっ、と低いうなり声がこぼれる。間近で目が合った。

「イリヤ……」

守善が歯を食いしばる。逃げ道を探すように伸びたもう片方の手が、ようやくそれに触れた。

とっさに、すがるようにそれを握りしめる。

反射的な行為なのだろう。人間も同じ。生きるための本能だ。

それを持ち上げて、ようやく守善は自分が投げた小刀だと気づいたようだ。表情が変わった。

『私を殺せ……！』

押し殺した声で、必死にイリヤは言った。そうしてほしかった。

自分が殺す前に――。

その小刀を、目でも喉でも、思いきり突き立てればいい。守善の腕なら簡単なことだった。

「できるかっ！　バカがっ！」

しかし腹の底から吐き出すような、ものすごい声で怒鳴ったかと思うと、守善はギュッときつく、それを手の中に握りしめた。刃を、剝き出しの手で。

『守善……！』

たらり…、と手の内から当然のように流れ出した血に、イリヤは息を吞んだ。

小刀がすべり落ち、血に濡れた手がイリヤの片方の前足をがっしりとつかむ。

赤いリングがはまっている方だ。主につながれている印。

「必ず…、おまえを取りもどすと言った……」

守善が低く、力のこもった声を絞り出す。

「何をしている！　早くその男の喉笛を嚙み切ってしまえっ！」

背中から総炎が怒声を浴びせかける。

その時だ。

ピシッ…、と響いた音が、最初何だかわからなかった。しかし次に、パリン…、と乾いた音が続けて聞こえ、イリヤはとまどう。

守善も怪訝そうに視線を漂わせた。

――と。

目の前で赤いカケラがぽろぽろと床へ落ちていた。

なんだ…？　と意味もわからずそれを見つめ、それがリングだと――その破片だとようやく気づく。

『どうして……？』

呆然とつぶやいて、イリヤは自分の手を見た。

契約のリンクがとれていた。それでも、何が起こったのか理解できなかった。

どうして、こんなことが……？

「おまえ…、外れたのか……？」

同様に、守善にもわからなかったようだ。

それでもとっさに上体を起こし、イリヤの前足をつかみ直してじっと見つめる。そしてイリヤの顔を見て、身体が引きよせられた。まるで子猫みたいに押さえこまれる。

イリヤは呆然と、されるままだった。

それでも身体から、何かが抜けて行ったのがわかった。軽く、自由だ。

その思いが、喜びが身体の奥にじわっと広がる。

「イリヤ！　何をしているっ⁉」

もう総炎の声に引っ張られることもない。

守善が壁に背中をつけたまま、ゆっくりと立ち上がった。イリヤもその足下に寄り添う。

まっすぐに総炎たちをにらむ。

ようやく総炎も異変に気づいたようだ。

「おまえ…、どうしたっ？　命令を聞かぬかっ！」

激昂して叫んだが、身体には響いてこない。

「どうやらイリヤの契約は解除されたようだぞ？」

にやりと笑って守善が言った。そして足下に落ちていたリングのカケラを足で蹴ってみせる。

「コイツのおかげかな？」

流れる血を無造作にズボンにこすりつけるようにして拭《ぬぐ》い、あらためて小刀を拾い上げた。

そうではない。いや、それだけではない、とイリヤは思う。

これが守善の能力なのだ。

守善には何かありそうな気はしたが、それがなんなのか、まったくわからなかった。無理もなかった。イリヤも初めて見る能力だ。

主との契約を強制的に解除させる力——。

それが守善にはあるのだ。おそらくは、守善の血で。今守善が手にしている小刀が、それを発動させるのだろう。

何にも分類できない、守善だけの力だ。

「バカな……！」

愕然と総炎が吐き出した。

『あわてる必要はない。俺が殺す』

しかし悠然とその前へガレスが進み出た。不敵な笑みを浮かべて。

横でふっと身構えた守善に、イリヤは低く言った。

『あいつは私が相手をする。おまえは総炎を』

「イリヤ……？」

さすがに守善は一瞬、言葉につまったようだ。

総炎の呪縛を離れたとはいえ、ガレスとは体格差も大きい。獅子と豹なのだ。

しかし守善に相手をさせるわけにはいかなかった。

迷ったようだが、少し考えてから、わかった、と守善がうなずく。

そしてちらっと飛びこんで来たテラスの方を見ると、素早く耳元でささやいた。

『ヤツをテラスへ追い出せ。最後までやり合う必要はない』

うん？　とその意味はわからなかったが、何か策があるようだ。

総炎たちをまっすぐににらみながらも、片手がイリヤの頭を撫でてくれるのが心地よい。安堵と喜びがいっぱいに身体に満ちてくる。

『まとめて始末してやるわっ！』

躍りかかってきたガレスに、特に示し合わせてもいなかったが、守善たちはパッと両側へ離れた。

一瞬、目標に迷ったガレスが向き直る間に、守善はまっすぐに総炎へ向かって走った。

「つぁぁぁぁぁ……っ！」

腹からの雄叫びを上げながら、腰の刀をするりと引き抜く。

「総炎……！」

気迫のこもった声。

ハッとガレスの視線がそちらへ流れたが、イリヤはすかさず脇から飛びかかった。

力では獅子が上かもしれないが、俊敏さでは負けるつもりはない。

決定的なダメージを与える必要はなかった。脇腹を薄く爪で引っかいて、すぐに飛びすさる。果敢に飛びかかって鼻先をかすめてすり抜けると、自慢のたてがみを乱してやる。

『クソ…っ！』

いらだったように、ガレスが前足を振りまわすが、イリヤは素早くそれをよけた。

守善に言われたように、素早い攻撃を繰り返しながらイリヤは徐々にガレスをテラスの方へとおびき寄せる。

ドーン！　と勇壮な花火の音が、ようやく思い出したみたいに耳に届くようになる。色とりどりの光が夜空に散って、流れ落ちている。

広いテラスだと、むしろガレスの方が有利なのかもしれない。

『手こずらせやがって…！』

ガレスが吐き捨て、前足で床を何度も蹴る。

『ここでやり殺してやるからなっ！』

『あいにく、おまえのような下劣で粗暴な獅子は趣味ではない』

イリヤは冷ややかに言い返す。

『ほざけ…！』

一声叫んで、飛びかかってくる。

イリヤはそのタイミングを見極めようと、ふっと身構えた——その時だった。

ドン！　とまた花火が打ち上がる音がした。

さっきよりずいぶん近い気はしたが、そんなことを気にしている余裕はなかった。

だが、それは花火ではなかったのだ。

目の前に大きく跳躍してきたガレスの身体が、いきなり何かに絡まるようにして失速し、そのまま落下したのだ。

そして床に落ちた大きな網の中で、身動きできない状態でもがいている。

一瞬あぜんとし、ハッと気がつくと、庭先で小型の砲筒を肩に構えた若い男が地面に片膝をついていた。どうやら、それで頑丈な網を射出したらしい。

自分のした仕事に目を見張り、男がようやく長い息をついて立ち上がった。

「あ…、えーと…、イリヤさん……？」

そしてイリヤに目をとめて、いくぶん及び腰で尋ねてくる。

その足下でリスがうろちょろしている。守護獣のようだから、この若い男は守善の兄弟だろうか。

ハッとイリヤは思い出し、それに答えることもせずに部屋の中へ急いでもどった。

しかしすでに、決着はついていた。

守善が大きく刀を振って血を払い、鞘に収めているところだった。

総炎の亡骸《なきがら》が壁際によりかかるようにして倒れている。

総炎が死んだ。ということは、他の守護獣たちも解放されたのだ。

思わず深いため息がもれる。

「イリヤ」

こちらに気づいて守善が大きな笑みを浮かべ、大股に近づいてきた。

イリヤの前で屈んで、両手で顔を包みこみ、くしゃくしゃと撫でてくる。そして首を引きよせるように抱きしめられた。

イリヤも無言のまま、男の腕に頭をこすりつける。

泣きそうになった。何を言ったらいいのかわからない。

礼か、詫びか、別のことか。

「隊長！　よかった……」

と、テラスからさっきの若い男の声がホッとしたように呼びかけてくる。

ということは、どうやら兄弟ではなく配下のようだ。

「こいつ、どうしますか？」

「ああ、直晄、よくやった」

獰猛《どうもう》にうなりながら、しかし逃げ出せないままのガレスを横目に、守善がうなずく。

「一位様にご連絡を。あとは全部任せよう。俺たちは十分働いたからな」

疲れたように、守善が大きく息をつく。

そうですね、と直晄と呼ばれた男も肩をすくめるようにして笑った。そしてリスに小さくささやいて、使いを頼んだようだ。リスが勢いよく走り出す。

『守護獣たちは…、無事だろうか？』

尋ねたイリヤに、守善が顎を撫でた。

「正朝や他の息子たちも捕らえられているはずだ。守護獣たちも保護されているだろう」

「隊長がいきなり飛び出すから、段取りが狂ったんですよ？」

少しばかり非難するように、直晄という男がにらんでくる。

「悪い」

守善は片手を上げて軽くあやまったが、悪びれた様子はない。

そう、イリヤを助けるために——だったのだろう。

じわり、と胸が熱くなる。

「おまえも一位様に顔を見せてやれ。心配していたからな」

イリヤはなぜかまともに守善の顔を見られないまま、わかった、と小さくうなずいた——。


客たちのほとんどは、この夜の異変に気づいてはいないようだった。

総炎の死は、突然の病死として発表されることになりそうだ。息子たちにはそれなりの処罰が下されるはずだが、それも順番に、目立たないように、ということになる。あるいは、別の口実が作られるのかもしれない。反乱に加担していた他の領主や官吏たちも、同様だ。

美ノ郷の領主はとりあえず、別の王族が代理で務め、命令だけ出されて状況がわからないままの総炎の軍は、そのまま美ノ郷へ返された。いずれ、削減されることになるのだろう。

しかしそのへんの面倒な処理は、千弦の仕事である。

千弦やルナと話して、やはり守善の能力は「強制的に守護獣の契約を切る」というものらしいと、意見が一致した。

千弦もずっと、何かありそうだとは思いつつ、その力を特定できずにいたようだった。

なるほど、「契約を切る」能力など、守護獣たちは本能的に避ける。

あのユニコーンの小刀は、そんな隠れた能力を引き出すための道具のようだった。守善の場合は契約を切る能力を発現させたわけだが、他の者ならその者に独自の能力を引き出す。

そして本当に「無能」であれば……何も起こらないわけだ。普通の小刀として以上に使いようはない。

それにしても、そんな特殊な能力が存在するなどと、イリヤもまったくの初耳だった。

何というか、そんな能力を持つ男を主にしたら——したとして——どうやってサポートすればいいのかわからない。

攻撃系とも言えないわけだし。

自分が守善についたとして、何か守善の役に立てるのだろうか……？

「それで、イリヤはどうするつもりなのかな？」

意味ありげに微笑んで聞かれて、イリヤはむっつりと千弦をにらんだ。

完璧で、有能で、美しく、多才な月都の世継ぎは、案外、底意地が悪い——。

夜も更け、花火も終わって、王宮内は一気に静けさに包まれていた。

その中を足音もなく進み——人の姿であっても難しくはない——、教えられた一つの部屋の前で立ち止まる。

ちょっと様子をうかがってから、イリヤは中へ入った。

千弦の部屋とは違い、一歩入ればすべてが見渡せるほどの、小さな部屋だ。調度などもほとんどなく、奥のベッドをのぞけば小さなテーブルとイス、チェストが一つきりだった。

同じ皇子の待遇とは思えないが、他の皇子たちのように奥宮ではなく、兵舎にも近い仕官級のこの部屋を選んだのは守善自身らしい。

その奥のベッドに大きな影が横たわっていた。小さな寝息も聞こえる。

イリヤはゆっくりと近づいて、うかがうように男の顔を見下ろした。

——なんで寝てるんだ……。

と、ちょっとむっつりと思う。

せっかく、意を決してやって来たのに。そもそも、この男から来てくれるんじゃないかと思っていたのに。

今まで待っていたのだが、まったく来る気配がなく、仕方なくイリヤから足を運んだのである。

側の窓を透かした月光に照らされる男の暢気な寝顔に、少しばかりイラッとしつつ、そっと枕元に腰を下ろす。

しばらく眺めてから、目覚める様子がないのに、手を伸ばし、鼻を摘まんでやる。

すると、ちょっと苦しそうに低くうなってから、んがっ、とイビキのような音を立てて目を開いた。

しばらく茫洋《ぼうよう》とその視線が漂い、何となくイリヤをとらえたらしく、目をパチパチさせる。

「イリヤ……？」

「よく寝ていられるな。千弦たちは事後処理に奔走しているぞ？」

そもそもこれを事故死として処理するのは、相当な力業なのだ。総炎の部屋の争いの痕跡《こんせき》も、この一晩のうちに消さなければならない。あの獅子の扱いや、他の守護獣たちのケアの問題もある。

大半の守護獣たちは、総炎のもとで相当に疲弊しているはずだ。

しかし守善は、んわぁ…と大きなあくびをしながら、のっそりと上体を起こした。

「ん…？　あぁ…。申し訳ないが、ここ二、三日、まともに寝てなかったからな」

ガシガシと首のあたりをかきながら言われて、……考えてみればそうなのだろう。美ノ郷の城を脱出してからずっと、まともに休んではいないはずだ。

さすがにちょっと、申し訳なくなる。

自分を心配して、と思うのは、自惚《うぬぼ》れているのだろうか……？

「ここがおまえの部屋か？　狭いな」

イリヤはあわてて視線をそらすようにして、何気なく言った。

「そんなに広い部屋は必要じゃないからな」

あっさりと守善が答えた。

そして、沈黙が落ちる。

何をどう言っていいのかわからない。もどかしいような、悔しいような気持ちがこみ上げてくる。

自分へいらだち、守善に腹が立つ。

焦れるように、ついにイリヤは声を上げていた。

「何か……、言うことはないのか？」

違う。本当は自分が言うべきことだった。自分が頼まなければいけないことなのだ。

それはわかっている。

「そうだったな」

しかし落ち着いた口調で、守善はうなずいた。

「初めてのことなんで、どうすればいいのかわからん。ひざまずいて許しを請えばいいのか？……おまえに、俺の守護獣になってもらうには」

さらりと静かに言われて、ハッとイリヤは顔を上げ、男の顔を見つめていた。

本当に言ってくれるとは……いや、思わなかったわけではない。期待していなかったわけでもない。

――でも。

「おまえは…、守護獣など必要ないと言ったではないか……」

とっさに視線をそらせ、震える声で、イリヤはなじるように言葉を押し出す。

ずるい、と思う。この男は全部わかっているのだ。

イリヤにとってこの男が…、主が必要なのだ。この男がどうしても、自分を必要としているわけじゃない。

「守護獣が必要なわけじゃない。おまえが欲しい」

穏やかな守善の声が耳を打つ。

「あ……」

その言葉が身体の奥に沁みこみ、ゾクゾクと身体の内側から震えてくる。

そして、かすかに笑うように守善がつけ足した。

「いや、やっぱり守護獣も欲しいけどな。おまえがいなけりゃ、あの獅子に喉笛、裂かれてたよ」

ピッと自分の喉元で手刀を切って、ちょっとおどけるように続ける。そして両手を伸ばし、そっとすくい上げるように、イリヤの顔を包みこんだ。

「イリヤ……、俺ではダメか？」

そしてまっすぐにイリヤの目をのぞきこみ、優しく尋ねてきた。

「努力するから。もっとおまえにふさわしい男になれるように」

本当にずるいと思う。ダメだという答えなど、考えてもいない顔だ。

自信に満ちた、ガキ大将みたいな。

急に恥ずかしくなって、イリヤはたまらず目をそらす。

「いっぱい…、勝手にキスしたくせに……」

今さら。

指先で無意識にシーツをつかみながら、イリヤは悔しげにうめく。

「そうだな」

吐息で笑うように答えられ、あっとイリヤは気づいた。キスをねだるみたいな言葉だった。

とたんに恥ずかしくなるが、守善の指がイリヤの頬から額を撫で、顎がとられて、そっと唇が重なってくる。

「ん…、んん……」

イリヤは無意識に男の肩にしがみついた。

薄い隙間をたどった守善の舌先が、ゆっくりとこじ開けるようにして中へ入ってくる。たまらず逃げてしまうイリヤの舌が無遠慮に絡めとられ、たっぷりと味わわれる。

総炎にされた時とはぜんぜん違う。イリヤはおずおずとそれを受け入れ、自分からも求めてしまう。

がっしりとした腕が背中にまわり、強く抱きしめてから、シーツへ押し倒された。

「守…善……？」

じっと見下ろされ、とまどったイリヤの濡れた唇が、そっと指で拭われた。

片手がとられ、指の一本一本にキスを落とされる。

「一度…、おまえを全部愛してから、それから契約をしよう」

静かに言われ、そんな言葉に胸がいっぱいになる。

主と守護獣という関係になる前に。いや、なったとしても、きっと守善は変わらないのだろう。

「今日は満身創痍《まんしんそうい》なんだ。少々ヘタでも見限るなよ？」

言い訳するように苦笑しながら、守善が自分の服を脱ぎ捨てた。

確かに包帯の巻かれた肩の傷も、手の傷も痛々しい。

それでもバサッ…と床へ落とされる音がして、たくましい身体が目の前にあらわになる。筋肉質の、引き締まった武人の体つきだ。

無意識に手を伸ばし、手のひらで男の肌に触れてその感触を確かめたイリヤの腕がとられ、身体を重ねるようにして男がのしかかってくる。

守善の手がもどかしげにイリヤのローブをはだけさせ、しなやかな脇腹から胸を撫で上げてきた。

「んっ…、あ……」

わずかにざらりとした、無骨な手の感触。それにビクビクと肌が震える。

「イリヤ……」

熱っぽく名前が呼ばれ、顎から喉元、鎖骨、そして胸へと唇がすべり、ついばむような音を立ててキスを落としていく。

その心地よさに、イリヤは身体をのけぞらせた。

肌をすべった男の指がイリヤの胸の芽を見つけ出し、押し潰すようにしていじり始める。あっという間に指の下で硬く芯を立て、尖ってしまった乳首が甘嚙みされて、たっぷりと唾液をこすりつけられる。

「ひ…あ…っ、あぁぁぁ……っ！」

濡れて敏感になった乳首がさらに指で摘まみ上げられて、イリヤは大きく身をよじってしまった。

「雪豹は感じやすいんだな……」

顔を上げて、守善が密やかに笑う。

イリヤは真っ赤になって、男をにらみつける。

そんなところがこんなに感じるなんて、自分でも知らなかった。初めて——なのだ。他には誰も知らないから。誰にもされたことなどない。

総炎たちに触られた時は、本当に気持ち悪いだけだった。

「おまえのイイところを全部、教えてくれよ」

頰を熱くしながら唇を嚙むイリヤにとぼけたように言って、さらに執拗《しつよう》に、守善が両方の乳首をなぶる。

さんざんあえがされてから、ようやく男の手が下肢へと落ちていく。

すでにわからないまま、イリヤの中心はジンジンと疼き始めていた。無意識にこすり合わせていた膝が強引に開かれ、守善の目があらわになったイリヤのモノに注がれる。

「あ……」

いつの間にかそれは形を変え、先端からは恥ずかしく蜜《みつ》を滴らせていた。

「うまそうだな…」

守善が頰をイリヤの頰にこすりつけ、にやりと笑って耳元でささやくのに、真っ赤になったイリヤは拳で男の頭を殴りつける。

「黙れ…っ！」

しかしもの欲しげにポタポタと蜜を溢れさせるモノは、男の愛撫《あいぶ》を待って小さく震えている。

男の大きな手にそれがすっぽりと握りこまれ、強弱をつけてこすり上げられて、イリヤは頭の芯が痺れるような快感にたまらず声を上げていた。

「あぁ…っ、あぁ……っ、いい……っ！」

吐息で笑うようにして、男の手はさらに激しく動き、ぐちぐちと湿った音が耳をつく。濡れそぼった先端が指の腹で円を描くようにもまれて、イリヤはたまらず腰を振り乱した。

「気持ちがいいか……？」

イリヤの表情を見つめ、守善がうれしそうに言いながら身を屈める。

そして片方の膝が胸につくほどに折り曲げられると、次の瞬間、中心がやわらかく濡れた感触に包まれるのがわかった。

「あぁぁ……っ」

イリヤはビクン…と腰を跳ね上げた。

男の舌が中心に絡みつき、丹念にしゃぶり上げられる。先端から止めどなく溢れる蜜が舌先ですくいとられ、さらにすするようにされたあと、からかうように敏感な部分が甘噛みされて、イリヤはガクガクと腰を振り続けた。

身体が自分でコントロールできない。おかしくなりそうだった。

「おまえのは…、甘いな」

顔を上げ、いやらしく濡れた口元を拭って、守善がにやりと笑う。

その余裕が悔しくて。憎たらしい顔をにらんで、イリヤは反射的に男の頭を蹴り飛ばした。

図に乗りすぎだっ、と思う。

「おっと…、足クセ、悪いな」

しかしそれはかすめたくらいでたいしたダメージは与えられず、クスクスと笑いながら、男は抵抗を封じるようにイリヤの片足を肩へ抱え上げた。

「な…っ…、——あっ、あぁ……っ…ん…っ」

もう片方の足も膝を押さえこまれ、さらに恥ずかしく足が開かれて、ほしいままに貪《むさぼ》られる。

いやらしく反り返している中心も、その根元の果実も。

さらに男の指はその奥の細い溝を押し開くと、舌先でなめ上げ、指で執拗にこすり上げた。

「あぁ…っ、あぁっ、あぁぁ……っ」

得体の知れない快感が身体の奥からにじみ出て、イリヤはどうしていいのかわからないままに、ただ必死に腰をよじる。

その快感から逃れようと、でも同時に、もっと、という渇望もにじんでくる。

とうとう一番奥の窪《くぼ》みまで行きつくと、男の指は無造作にそこを暴き出した。

イリヤのこぼしたもので濡れた指がまだ硬く締まった襞をいじり、無意識に収縮してしまうそこに視線が注がれるのがわかって、イリヤは唇を嚙み、両腕で顔を覆い隠す。

しかし次の瞬間、そこにやわらかく、濡れた感触を覚えて、ハッとイリヤは息を呑んだ。

わずかにイリヤの腰が持ち上げられ、舌先で唾液を送りこむようにして、そこがなめられているのがわかる。

「あぁっ、そんな……っ」

とっさにイリヤは腰を逃がそうとしたが、がっしりとした腕が押さえこみ、まともに身動きすることもできない。

濡れそぼり、あっという間に溶け落ちた襞が、男の指先にかきまわされて淫《みだ》らに絡みついていく。

そのままゆっくりと、中へ一本差しこまれて、じくじくと疼いていた部分がこすり上げられた。

馴染ませるように何度も抜き差しされ、折り曲げられた指がイリヤの感じるところを探すみたいに、あちこちとなぶっていく。

そしてあっという間に、守善の指はその部分を見つけ出し、執拗に刺激してきた。

「あぁ…っ、いやっ…、いや……っ、ダメだ……っ」

溺《おぼ》れそうな快感に、息も絶え絶えになりながら、イリヤは声を上げてしまう。男の指をきつく締めつけ、しかし浅ましく味わうみたいにして腰を振り乱す。

その声に、うん？　と意地悪く守善が手を止めた。

「嫌か？　嫌ならやめるぞ？」

にやにやと言いながら、ゆっくりと指を引き抜いていく。

「あ…っ」

かすれた、もの欲しげな声がこぼれ、無意識にイリヤの腰は指を深くくわえこもうと力がこもる。

「おまえが俺の主人だからな」

密やかに笑いながら、守善が抜きとった指先で溶けきった襞をいじりまわす。しかしそれは表面だけで、中へは来てくれなくて。

ぐずぐずと崩れそうに中が熱く、疼いてたまらなかった。

「つ…続けて……っ」

たまらず、食いしばった歯の隙間からイリヤはうめく。

わずかに伸び上がった守善が、イリヤの泣きそうな顔にキスを落とし、今度は二本の指で中をかき乱した。

しかし今度は感じる部分をあえて外すようにしてなぶられ、イリヤは焦れるように自分から腰を揺すり始めていた。

さらに片手が伸び、みじめに放り出されていた前を無意識のまま、自分で慰めてしまう。

「イリヤ……」

それに気づいた守善が、自分の手をイリヤの手に重ねるようにして、さらに激しくこすり上げてくれる。

「あぁっ、……あぁ…ん…っ、あぁ……っ」

身体をのけぞらせてあえぐイリヤを上からじっと見つめ、守善がかすれた声でうめいた。

「限界だ……」

それと同時に指が引き抜かれ、あっ、ともの欲しげな声がイリヤの口からこぼれてしまう。

ハッと目を開けたイリヤの髪が撫でられ、頬が撫でられて、熱く疼く部分に濡れた切っ先が押しあてられたのを感じた。

どくん…、と身体の奥で大きく鳴ったのがわかる。心臓か、血か。

じっと見つめられたまま、じわりとそれが中へ入ってくる。徐々に押し開かれ、その大きさと熱に慣れて、ぴったりと根元まで収まっていく。

熱っぽい目でイリヤを見下ろしていた守善が、そっと息を吐いてから動き始めた。

ゆっくりと揺らすように、だんだんと速く、腰をまわすように使いながら、何度も奥が突き上げられる。

「あぁ…っ、いい…っ、いい……っ！　守善…っ、いい……っ！」

たまらない――。

あまりの快感に身体をくねらせ、イリヤは自分から大きく足を広げて、男の腰に絡みつかせた。そのまま恥ずかしく、何度も腰を揺すり上げる。

「たまらんな……」

せっぱ詰まった声で守善がうなった。

そしてにやりと笑って、イリヤの髪を撫でてくる。

「今夜は野獣になりそうだぞ……？」

「バカが……っ」

イリヤはなかば涙目で、吐き捨てるように言うと、つまらないことを口にする男の腕に嚙みついてやった。

「おい…、俺の身体にどれだけ嚙み痕を残したいんだ？」

間違ってはいないが、そんな言われ方に、イリヤはちょっと赤くなる。マーキング、しているみたいで。

その反動でキュッと腰が締まり、男が低くうめいた。

「感じすぎだ……」

憎たらしく、笑うように言うと、守善が身体をぴったりと重ね、背中を抱きよせるようにして、さらに腰を密着させる。

イリヤの中心が男の腹にこすられ、それだけでも爆発してしまいそうな快感だった。

男の動きがさらに激しくなり、何度も深く貫かれて、イリヤはもう意識が飛びかけていた。

「イリヤ…、いいか？」

聞かれるのが恥ずかしい。

「い…い……、あぁ…っ…ん…っ」

それでも腕を伸ばし、夢中で男の首にしがみついて、舌足らずに答える。

「く…、ダメだ……っ」

低くうなり、何度も腰を突き入れながら、守善がイリヤの中に熱い迸りをたたきつけた。

その瞬間、イリヤも前を弾けさせる。

一瞬、頭の中が真っ白になり、快感の余韻に浸っていたイリヤの耳に、荒い息づかいにまぎれて男の声が聞こえてくる。

「大丈夫か……？　大丈夫そうだな」

なにが…？　とぼんやり思った瞬間、いきなり大きく身体が揺さぶられ、背中から抱き起こされて、イリヤは男の腰にすわりこむような形になっていた。

「な…っ……？」

あわてて両腕を男の首にまわし、身体のバランスを建て直す。

守善の男はまだ身体の中に入ったままで、じわり、とまた存在を増し始めている。

「さすがに身体はやわらかいな…。それに、中がすごく熱い」

わずかに下からイリヤを見上げる形で、にやりと笑った男の顔が妙にいやらしい。

「うるさい…っ」

ひどく恥ずかしく、イリヤは視線をそらせたまま吐き出した。

それに守善が吐息で笑う。

「褒めてるんだろ」

言いながら、男の手が脇腹から胸を撫で上げてくる。

からかうように小さな乳首のまわりが指先でなぞられ、あっ…、とイリヤはそこに与えられた快感を思い出してしまう。

「そ…こ……っ」

反射的に首をふり、逃れようと大きく胸を反らせたが、もちろんどうにもならずに男の指にもてあそばれた。

ピンと尖った乳首が弾くようにしてなぶられ、きつく押し潰されて、ねっとりと舌で愛撫される。

唾液をこすりつけるようにして濡らされた硬い芯がさらにきつく指で摘まれ、こねまわされて、イリヤはどうしようもなく男の腕の中で身をよじった。

身動きするたびに、無意識に中の男を締めつけ、その都度、硬く、大きくなっていくのがわかる。

ゾクゾク…と何か予感めいたものに肌が震える。

イリヤの身体は、ついさっきこの男に与えられた陶酔を覚えていた。

「あっ、あっ、あっ……あぁっ…ん……っ」

乳首が摘まみ上げられるたび身体が伸び上がり、中がこすられて、ぐちゅっ…、と濡れた音が耳につく。軽く腰を揺するようにされて、イリヤはさらに大きく身体をのけぞらせる。

いつの間にか、また形を変えたイリヤの前が守善の締まった腹に当たって、さらにこらえきれない疼きを伝えてくる。

もっと、もっと、欲しかった。

でもこの体勢だと、守善はあまり大きく動いてくれなくて。

腕の中でジリジリと煩悶《はんもん》を繰り返すイリヤの表情を、守善は楽しげに下から見上げていた。

「イリヤ…、ほら」

守善の手がイリヤの頬を撫で、胸から脇腹を撫で下ろして、腰のつながっている部分をなぞってくる。

「んっ…、あぁ……っ」

甘く苦しい疼きに、どうしようもなく身をよじる。

「おまえの好きに動いていいぞ……？」

優しげな口調で、しかし意地の悪い言葉だった。

どうしていいのかわからず、イリヤは涙目で男を見つめる。

それに苦笑して、守善がわずかに強く、イリヤの腰をつかんだ。軽く揺するようにして、二、三度、下から突き上げられる。

「あぁぁぁ……っ」

知らず、嬌声《きょうせい》が唇から迸った。

中がこすり上げられる感覚に、頭の芯がジン…、と痺れる。もっとねだるみたいにイリヤは無意識にそこを締めつけたが、男はそれ以上動いてくれなくて。

どうしようもなく、イリヤは自分から腰を動かし始めた。

おずおずと前後に揺すり、もっと大きな快感を得ようと、だんだんとその動きが激しくなる。そして次第に自分から身体を上下させ、いやらしく男を貪っていた。

男の首に両腕でしがみついたまま、自分のいいところに男の切っ先を当てようと、さらに淫らに身体をくねらせる。夢中だった。

ハッと我に返ると、守善が熱い眼差しでそんな自分を見つめていて、カーッ…と全身が熱くなる。

「や…ぁ……っ」

自分のしていることにようやく気づいて、恥ずかしくて泣きそうになる。しかしもう、自分では腰が動くのを止められなかった。

身体が上下するたびに守善の硬い腹に自分の先端が当たって、すでにはしたなく滴らせていた蜜を腹筋にこすりつけてしまう。それがさらに、たまらない快感を与えてくる。

「背中、引っかいてもかまわないぞ……？　今度は兄上に言い訳できる」

伸ばした手でなだめるようにイリヤの頰を撫で、守善が楽しげに言った。

「な…に……？」

しかしイリヤには、なかば意味がわからない。

もう限界だった。

「ダメだ…っ、ダ…メ……っ、もう……っ」

大きく身体が伸び上がり、きつく男をくわえこんだまま、イリヤは達していた。

低くうなり、しかし守善はこらえたようだ。

イリヤの身体の痙攣《けいれん》が治まったとたん、背中からシーツへ押し倒された。

何だかわからないうちに、両足が広げられ、腰が高く掲げられる。

「ん…っ…、あ…っ…、あぁぁぁ――――……っ！」

しっかりと腰がつかまれ、そのまま深く貫かれた。

頭の芯が鈍く痺れる。自分でした時よりも、ずしんと重い快感が身体に広がる。

「守…善……っ」

無意識に伸ばした腕を、男が力強く引きよせてくれる。

そっと目を開くと、まっすぐに男が見つめているのがわかる。

本当に野獣みたいな、熱い眼差しだった。

自分を欲しがっている、男の目——。

胸の内が熱く、身体の奥から何かが湧き出してくる。

「おまえが……欲しいよ、イリヤ」

低くかすれた声。

無意識に、イリヤは微笑んでいた。

体中が甘い、疼くような思いでいっぱいになる。

「あぁぁ……っ」

深くつながったまま、身体の奥に男の熱が何度も注ぎこまれた。

まだ主ではなかったけれど、その快感をイリヤは全身で貪る。身体の隅々まで、指先まで、小さな泡が弾けるような快感で満たされていくのがわかる。

体力が尽きるほど求め合って、ようやくベッドに身体を伸ばしたのは、明け方近くだっただろうか。

まだおたがいの肌は火照《ほて》ったまま、イリヤはまどろむようにして、無意識に男の腕の中で心地よい場所を探す。

そんな様子に、たくましい腕で、なかばイリヤの身体を自分の腹の上に抱え上げながら、守善が笑った。

「やっぱりネコだな……」

伸びてきた手が、頬から首筋から、ネコを撫でるみたいに愛撫していく。

その感触が気持ちいい。しかし簡単に喉を鳴らしてやるつもりはない。

「あのネコも…、自由になれたんだな……」

ふと総炎の守護獣だったネコを思い出して、イリヤは頬を男の胸にこすりつけながらポツリとつぶやいた。

総炎の息子たちもすぐに捕らえられ、守護獣たちもすべて保護されていたはずだ。

イリヤは男の腹の上に寝そべるようにして、上目遣いに守善を見た。

「ネコには世話になった。おまえが面倒を見ても文句は言わんぞ？」

守善が自分の守護獣として契約を交わしても――ということだ。

自分が主の唯一の守護獣になれないのはやっぱりちょっと嫌だったが、あの守護獣たちもこれから、新しい主を見つけなければならないのだ。

今度こそ、よい主を。

「あのネコは学者か参謀向きだと思う。俺よりふさわしい主はいるだろう。兄上が手元におくかもしれないな」

しかしさらりと守善は言って、伸ばした腕でイリヤのうなじから背筋、そして脇腹を優しく撫でてきた。

「俺は…、この大きなネコ一匹で手一杯だからな」

さりげないそんな言葉が、胸がくすぐったくなるようにうれしい。

「やんちゃで、欲しがりで、気位が高くて……手がかかりそうだ」

しかしにやりと笑って憎たらしくつけ足した男を、イリヤはちろっとにらむ。

「私を守護獣にできる幸運を感謝しろ」

口を尖らせ、傲慢に指摘してやる。

「ああ…。強くて、きれいで、可愛い……俺にはもったいない守護獣だ」

守善の手が包みこむようにイリヤの頬を撫で、じっとイリヤの目を見つめて静かに言った。

優しい、甘い思いが体中に満ちてくる。

「よし」

その目を見つめ返し、イリヤはあえてつん、と当然のようにうなずいた。

そして両手を守善の胸につき、男の腰にすわりこむと、身体を伸ばして自分から男の喉元へ唇を這わせる。

短いヒゲの出かかっている顎に、喉に、胸に、ヘソや足のつけ根、下肢のきわどいあたりにも、キスを落とし、じゃれるようにして守善の全身を甘嚙みしていく。

マーキングするみたいに。

この男は――自分の、自分だけのものだと。

「なんだ…、まだ欲しいのか？　そうか、そんなによかったか」

くすぐったそうに喉で笑いながら、守善がうそぶく。

「私の主になるつもりなら、常に満足させてくれるのだろうな？」

とぼけるように答えたイリヤに、守善が苦笑した。

「怖いな…。最大限の努力はする」

「弱腰だな」

くすくすと笑って、イリヤは軽く頭をふり、手慰みのように髪を撫でていた守善の人差し指を口にくわえた。

うん？　と守善がイリヤを見つめ、そしてもう片方の手でそっとイリヤの頬を撫でる。

「いいのか？」

静かに、もう一度聞かれ、イリヤは返事の代わりに、クッ…、と歯に力をこめた。

つっ…、と守善が小さな声を上げ、顔をしかめた。

人差し指から一筋、血が流れ落ちている。

目を閉じて、イリヤはそっと、その指に舌を這わせた。

血の味が舌先に触れ、全身に広がっていくのがわかる。

ぶわっと全身の毛が逆立つようだった。

主の血が身体に溶けこんで自分の中でめぐり始めるのを感じ、イリヤはそのざわめく感覚に身を委ねる。

やがて潮が引くようにそれが治まると、手首に新しいリングが浮かんでいた。
この男につながれた印。
だがそれはイリヤにとって誇らしく、再び歩き出した未来への証だった——。

end.

あとがき

こんにちは。今回は新シリーズになります。
はい、見ての通りの動物ファンタジーですね。今年はなぜかもふもふ率が高いなあ…。
やはりリンクスさんで以前に書いていた「ムーンリット」と同様、動物いっぱいシリーズなのですが、基本的に接点はありません。ただ世界は地続きではあります。動物設定もちょっと違いますね。今回は「守護獣」ということで、「ガーディアン」シリーズというところでしょうか。

以前は何の考えもなく「東方」設定にしてしまったので、今回は「北方」にしてみたのですが、イメージ自体は和風な感じですので、微妙に失敗した感が…。むむう…、本来逆だろ、という気はしますが、しかし和洋折衷な不思議な雰囲気もまたよいかしら、と思います。

というわけで、1作目はきれいな雪豹さんです。ちょっぴりツンデレ？　ていうか、ネコ科というのはツンデレが基本装備な気がしますよ。攻めの守善《しゅぜん》さんは、わりと暢気めの皇子様です。でも懐は大きく、腕の中でネコをいっぱい遊ばせてくれるんじゃないかと思います。扱いもうまそう（笑）。

他にもたくさん動物が登場するわけですが、あんなにいっぱい出てきて、結構主人公たちを助けてあげていたにもかかわらず、「ネコ」に名前をつけてあげられなかったのが心残りです。当初、あんなに役立ってくれるとは思わず…。次に出てくることがあれば、きっと名前はついているはず。そういえば、冒頭に出てきた直暁《なおあき》くんも、名前をつけたわりには初め、冒頭だけしか出てこない予定だったんですよね。しかしいつの間にかちゃっかり、出番を増やしていました。不思議だ…。でも案外、こういうことがあるんですよね。何気なく書いたキャラが、あとからガツガツと生きてくるという。やはり何気ない一言とか、特に深い考えもなく作った設定が思わぬ伏線になってくれたりとか。逆に伏線のつもりで書いていても、使えずに終わることもあるわけですが。

さて。今シリーズ、イラストをいただきます土屋《つちや》むうさんには、本当にありがとうございました。設定てんこ盛りの大変な内容を、バタバタと急がせてしまいまして本当に申し訳ありません…。きれいな雪豹さんたちを大変楽しみにしております。ラフで見せていただいたちびキャラがとても可愛かったので、どこかで登場できることを期待しております。そして編集さんにも相変わらず例のごとくいつも通りにお手数をおかけして、本当にすみません…。なんとか追いついて行きたいと思いますので、また懲りずによろしくお願いいたします。

そしてそして。こちらの本を手にとっていただきました皆様にも、本当にありがとうございました！　動物いっぱいで新しいシリーズ開幕ですが、また少しおつきあいいただければありがたいです。こちらの次作が、今度は秋の雑誌の方に掲載予定でございます。はっ、動物ファンタジーのくせに、次作のカップリングは人間同士だった…。今回出てきたあの人とあの人になります。でも動物もまわりでボロボロ出てくるはず。今回はペガサスの人型もまだ出てきてませんしね。かっこよくないはずはない！（笑）
ファンタジーの醍醐味は、やはりいっとき、その世界に入ってキャラと一緒に泣き笑いしてもらえることかと思います。少しでもお楽しみいただければうれしいです。
それでは、また次のお話でお目にかかれますように——。

8月　　スイカでクールダウン。しつつ、なぜか最近ちゃんぽんがマイブーム。

水壬楓子《みなみふうこ》

この本を読んでの
ご意見・ご感想を
お寄せ下さい。

〒151-0051
東京都渋谷区千駄ヶ谷4-9-7
(株)幻冬舎コミックス　リンクス編集部
「水壬楓子《みなみふうこ》先生」係／「土屋《つちや》むう先生」係

LYNX ROMANCE
リンクス ロマンス

クリスタル ガーディアン

2013年8月31日　第1刷発行

著者……………水壬楓子《みなみふうこ》
発行人…………伊藤嘉彦
発行元…………株式会社　幻冬舎コミックス
〒151-0051　東京都渋谷区千駄ヶ谷4-9-7
TEL 03-5411-6431（編集）
発売元…………株式会社　幻冬舎
〒151-0051　東京都渋谷区千駄ヶ谷4-9-7
TEL 03-5411-6222（営業）
振替00120-8-767643
印刷・製本所…共同印刷株式会社
検印廃止

ISBN978-4-344-82902-2 C0293
Printed in Japan

幻冬舎コミックスホームページ　http://www.gentosha-comics.net